JOÃO DO RIO

MEMÓRIAS DE UM RATO DE HOTEL

"DR. ANTÔNIO"

© 2024 Elo Editora

Todos os direitos reservados. Nenhuma parte desta obra pode ser reproduzida ou transmitida por qualquer meio (eletrônico ou mecânico, incluindo fotocópia e gravação), ou arquivada em qualquer sistema ou banco de dados, sem permissão da Elo Editora.

Texto fixado conforme o Acordo Ortográfico da Língua Portuguesa de 1990 (Decreto Legislativo nº 54, de 1995), que entrou em vigor no Brasil em 2009.

Publisher: **Marcos Araújo**
Gerente editorial: **Cecilia Bassarani**
Editora: **Camila Saraiva**
Editora de arte: **Susana Leal**
Designers: **Eduardo Kenji Iha**, **Giovanna Romera** e **Thaís Pelaes**
Projeto gráfico: **Eduardo Kenji Iha** e **Susana Leal**

Revisão: **Cacilda Guerra** e **Nair Hitomi Kayo**
Estabelecimento de texto: **Rachel Valença**
Indicação editorial: **Maria Amélia Mello**

Crédito: Fotos da primeira edição de *Memórias de um rato de hotel* e da revista *Selecta*, 3 de novembro de 1915.

Dados Internacionais de Catalogação na Publicação (CIP)
(Câmara Brasileira do Livro, SP, Brasil)

Rio, João do, 1881-1921
　Memórias de um rato de hotel / João do Rio,
"Dr. Antônio". -- São Paulo : Elo Editora, 2024.

　ISBN 978-65-80355-85-3

　1. Ficção brasileira I. Dr. Antônio II. Título.

23-168580　　　　　　　　　　　　　　　CDD-B869.3

Índices para catálogo sistemático:

1. Ficção : Literatura brasileira B869.3

Cibele Maria Dias - Bibliotecária - CRB-8/9427

Elo Editora Ltda.
Rua Laguna, 404
04728-001 – São Paulo (SP) – Brasil
Telefone: (11) 4858-6606
www.eloeditora.com.br

 eloeditora　　eloeditora　　eloeditora

Nota: Esta obra pode conter representações e estereótipos da época em que foi escrita. A Elo Editora não compactua com nenhuma forma de discriminação ou preconceito, mas acredita que a manutenção do texto na íntegra pode contribuir para o debate sobre um futuro mais diverso e inclusivo.

Sumário

Páginas de histórias, 6

I. A razão destas memórias, 11

II. A predição da cartomante, 16

III. A sugestão do beco do Faina, 20

IV. O primeiro crime, 25

V. Só, entre ladrões, resolvo fugir, 29

VI. Vinte homens num só, 33

VII. A primeira prisão, 37

VIII. Período do grande fausto, 41

IX. O episódio da francesa, 46

X. Como acabou o amor de Etelvina, 50

XI. A bordo do *Rio Pardo*, 54

XII. A minha estadia em Petrópolis, 60

XIII. Uma nova paixão, 64

XIV. O homem da sobrecasaca preta, 68

XV. O prêmio de 20 contos, 73

XVI. Um grande lance, 78

XVII. Em pleno patético, 83

XVIII. Duas mulheres, 87

XIX. O barão Rovedano, 93

XX. Como me vinguei de um agente, 97

XXI. Cumprindo sentença, 102

XXII. *Trucs* dos roubados e dos ladrões, 106

XXIII. Conhecimentos de gatunos, 110

XXIV. Na correção, 114

XXV. De como me regenerei..., 118

XXVI. Um homem bom, 122

XXVII. A minha alhada baiana, 126

XXVIII. A minha prisão em S. Carlos do Pinhal, 130

XXIX. O coronel Numa, 134

XXX. O transformismo, 138

XXXI. O que faz o amor, 142

XXXII. Outra vez preso…, 147

XXXIII. O raio, 151

XXXIV. A corrente…, 155

XXXV. Numa pensão de estudantes, quatro dias, 159

XXXVI. Como tive de partir para S. Paulo, 163

XXXVII. De como um gatuno elegante, sem mudar de cara, visita a detenção, onde esteve, e é recebido com todas as honras, 167

XXXVIII. Derradeiro episódio amoroso, 171

XXXIX. A minha prisão em Juiz de Fora, 175

XL. Confessar ou apanhar doente do coração?, 180

XLI. Últimas novas, 185

O representativo do roubo inteligente, 188

João do Rio, 203

Páginas de histórias[1]

Este é um relato que conta como os livros e o conhecimento permitem que histórias viajem no tempo, e, também, sobre como este livro foi encontrado e chegou às suas mãos.

Eu tinha dezoito anos quando, em um país distante, entrei numa antiga livraria à beira-mar e me senti em casa. O vento abria e fechava a porta fazendo com que um sininho pendurado tocasse anunciando um visitante, o espaço estava vazio de gente, as prateleiras, amontoadas de memórias e poeira. O livreiro demorou a surgir, tempo bastante para que eu desfrutasse o sentimento de que aquele era o meu tipo de lugar no mundo.

Abri a minha primeira livraria aos vinte anos no Rio de Janeiro, já tinha um filho no colo. Era um sebo, uma loja de livros usados. O sonho de habitar uma nave cheia de narrativas se aliou à necessidade de subsistência de uma jovem família. Abrir um sebo implica um pequeno investimento (no caso, o dinheiro obtido com a venda do meu piano), envolve a instalação de estantes simples e a compra, ou a doação, de livros que alguém não queira mais. Passei a integrar a circularidade de um "produto", circularidade não só econômica, mas também de saberes, possibilitando atualizar e ativar memórias.

Seguiram-se anos em que carreguei muitas caixas de livros de residências particulares à livraria, onde os volumes eram limpos e organizados por assunto. Algumas vezes, no meio dessa montanha de palavras encadernadas, que eu mudava de lugar, me deparei com leituras que despertavam a vontade de compartilhar com outras pessoas. Assim me tornei editora; para transformar um texto

---

1. Título da entrevista entre Anna Dantes e Plinio Doyle publicada no *Jornal do Brasil* em 16 de janeiro de 2000. (N.E.)

esquecido nas páginas do tempo numa edição para uma multiplicidade de leitores.

É aqui que a minha vida se cruza com a de Plinio Doyle[2], um grande bibliófilo, palavra que significa amigo dos livros. Nós fomos convidados pela jornalista Lena Frias para uma conversa entre gerações de "amigos dos livros" que seria, e foi, publicada no *Jornal do Brasil*. Plinio tinha 94, e eu, 32 anos. Estava bem nervosa e inquieta, pois ele era um ícone da erudição, mesmo assim ousei levar de presente alguns livros que eu já havia publicado na minha editora. Dispus sobre sua mesinha de trabalho os cinco primeiros livros da Babel, uma coleção de livros de bolso, cuja logomarca era minha boxer albina, a Babel. Passamos uma tarde conversando, com o gravador ligado, e encontramos muitas outras afinidades, além de sermos botafoguenses e bibliófilos.

Poucos dias depois, a Lena me ligou dizendo que a gravação havia sido apagada misteriosamente e pediu que eu voltasse à casa do Plinio para uma nova conversa. Opa! Que sorte a minha. O segundo encontro foi ainda mais íntimo e divertido. Plinio, que já havia lido [ou folheado] os cinco livros, sugeriu que eu publicasse o *Memórias de um rato de hotel*. Foi isso que ele me disse:

> Em uma dessas buscas em sebos peguei um livro com uma capa muito feia, mas com um título que me chamava a atenção: *Memórias de um rato de hotel* – de autoria de um Dr. Antônio; o nome do autor não me interessava, mas o título era curioso, porque então não sabia o

---

2. Plinio Doyle nasceu na cidade do Rio de Janeiro, em 1º de outubro de 1909, e faleceu em 26 de novembro de 2000, na mesma cidade. Foi um advogado que dedicou sua vida a formar uma importante biblioteca de literatura brasileira, com mais de vinte cinco mil volumes. Plinio reunia em sua casa escritores e intelectuais como Carlos Drummond de Andrade, Paulo Mendes Campos e Pedro Nava. Os encontros, que aconteciam aos sábados, eram chamados de "sabadoyle". (N.E.)

que significava "rato de hotel". Na capa, uma assinatura/rabisco que me pareceu ser de Francisco Prisco, e logo a seguir uma página de papel diferente em que li, surpreso: "O autor deste livro é João do Rio", e a assinatura, então mais legível – Francisco Prisco, nome muito conhecido na cultura e na literatura brasileiras, pelas inúmeras bibliografias que organizou de escritores brasileiros, publicadas em revistas e jornais.

Enquanto ele me contava essa história, compreendi que o conhecimento é uma chave que abre portas. O Plinio *sabia* quem era o Francisco Prisco e assim notou aquela "mensagem na garrafa", escrita na folha de rosto daquele exemplar. E o Plinio continuou me entusiasmando a publicar o livro, que só havia sido lançado uma única vez em 1912:

> Eu pouco lera, até então, romances policiais, por não me interessar pelo gênero, mas passei a ler as *Memórias de um rato de hotel* como sendo um romance de João do Rio – Paulo Barreto, autor de quem já havia lido vários livros. O Dr. Antônio era um ladrão confesso com várias passagens pela polícia, e muito conhecido das autoridades, que dificilmente o pegavam em flagrante de qualquer ato, pela centena de nomes que usava (na época não havia ainda a atual carteira de identidade); ele andava muito bem-vestido, com roupas elegantes, hospedando-se em hotéis de relativo luxo para a época, ou em albergues, quando necessário; estudava cada hóspede, sempre observando a hora em que habitualmente saía, e aguardava o momento propício para fazer surgir o "rato de hotel" – bastava uma porta aberta para que o roubo se realizasse, e ele imediatamente mudava-se para outro hotel, evidentemente com outro nome.

A primeira edição estava na Casa de Rui Barbosa, no Rio de Janeiro, para onde toda a biblioteca de Plinio Doyle havia sido doada. A pesquisadora Rachel Valença contribuiu para a transcrição

e atualização ortográfica do texto, e o livro foi reeditado como o sexto da Coleção Babel, no mesmo ano do encontro com Plinio Doyle.

Memórias de um rato de hotel é dotado de muitos encantamentos e mistérios. A autoria de Dr. Antônio, nome pelo qual ficou conhecido Arthur Antunes Maciel, é atribuída a João do Rio, pseudônimo de Paulo Barreto. A trajetória do livro e as histórias que ele contém são, portanto, marcadas por duplos e disfarces. Sabe-se que João do Rio assinou diversos artigos sobre o célebre ladrão na mesma época da publicação. Seria ele o anônimo jornalista a quem o Dr. Antônio (de acordo com o capítulo 1) ditara as suas memórias?

É possível que João do Rio, autor de *A alma encantadora das ruas*, tenha se ocultado para dar voz ao genial "rato de hotel". Afinal, é o Dr. Antônio autor das intrépidas ações narradas neste livro. Mesmo que escrita e publicada, a narrativa poderia ter se fossilizado nas camadas do tempo. A atual edição da Elo Editora integra o cordão de eventos que trouxe o livro até aqui. Sua leitura, agora, certamente o tornará ainda mais animado e saboroso.

Anna Dantes
é bibliófila e editora

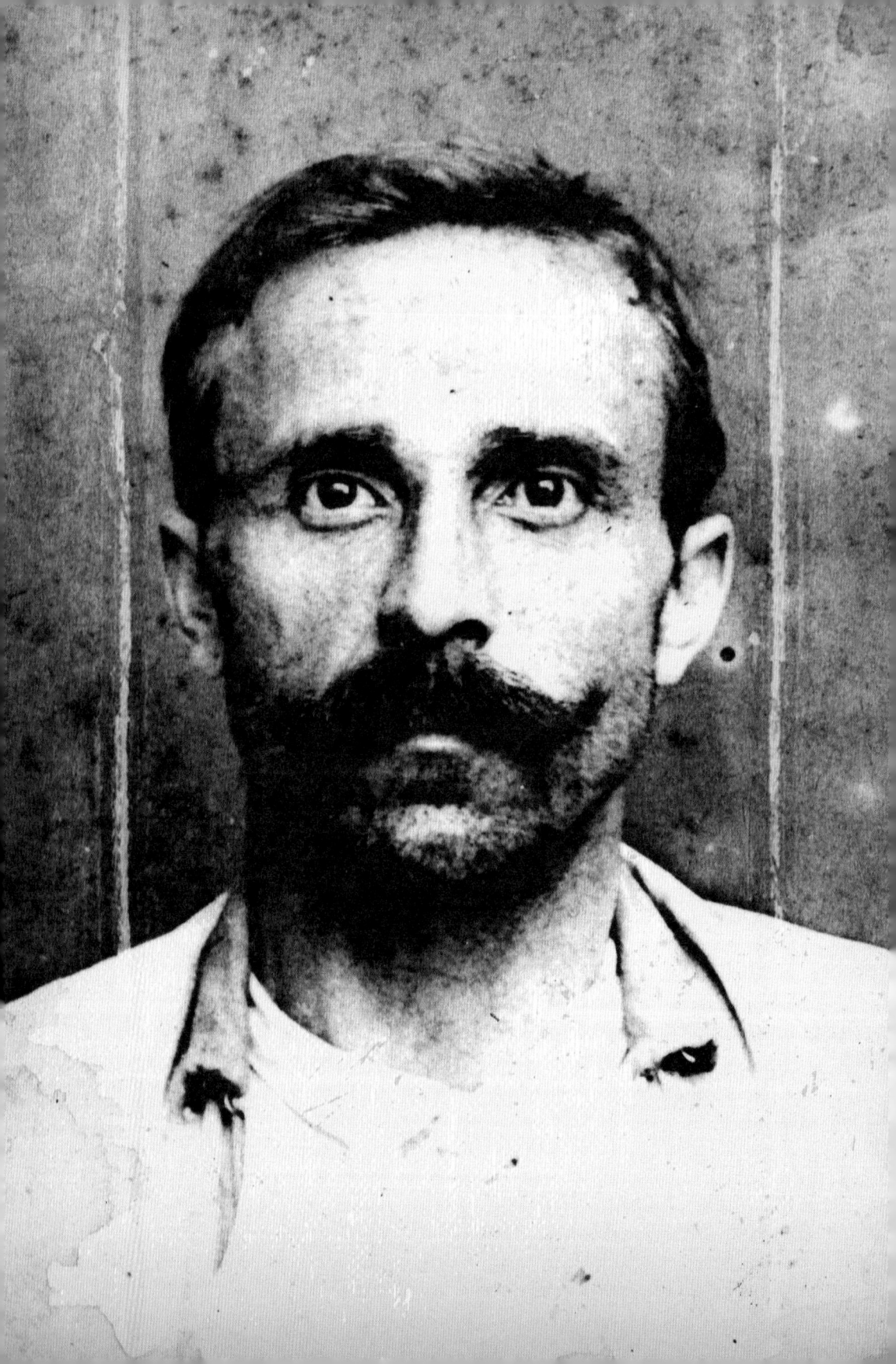

I.

A razão destas memórias

Nunca pensei em escrever memórias. Nunca fui dado à literatura e à fantasia, sendo muito limitado o número de livros que tenho lido. Escrever memórias não seria coisa que me passasse pela imaginação em nenhuma hipótese. O meu advogado deve ficar muito desgostoso se as vir publicadas. Mas depois de uma vida agitada de plena celebridade, a princípio em contacto com os nossos homens mais importantes, depois a caminhar só no perigo — eu tenho seguidamente sido vítima da polícia e da justiça, preso e condenado seguidamente, quando não tinha culpa. Dessas condenações, dos sustos, da perpétua tensão nervosa em que tenho de trabalhar, veio-me o mal do coração. Positivamente morro de uma grave lesão da aorta. Passo as noites sem poder dormir, com dispneias, estou magro, macilento, com olheiras, as mãos trêmulas. E, por cima de tudo isso, espera-me uma condenação por um crime que não cometi.

Estava assim, há dias, desolado, na enfermaria, quando vieram chamar-me.

O Sr. administrador apresentou-me um cavalheiro. Olhei-o, temendo um inimigo, um desses terríveis inimigos que me fizeram a mais ruidosa das celebridades. O homem disse-me:

— Tenho por você a maior admiração.

— Por quê?

— Porque você é um ladrão inteligentíssimo.

Essa palavra "ladrão" sempre me causou uma sensação esquisita. Baixei os olhos e tentei colocá-lo na verdade comum.

— O Sr. engana-se.

— Meu caro, não me engano e peço que não me desiluda. Considero você um homem inteligente, fora do comum. Se resolver negar o que está provado em vinte anos de jornais, como um simples batedor de carteira, ficarei muito triste.

— Mas, que quer o senhor de mim?

— Quero que conte a sua vida para o meu jornal.

— Nunca!

— Por quê?

— Vai prejudicar-me.

— Não teria vindo cá. Você é um sujeito que eu sei bom e generoso. Ninguém vai condená-lo por ter sido o primeiro rato de hotel do Brasil.

— Agora há outros e sou eu quem leva a culpa!

— Sabemos disso. Depois, pelo que você fez, já foi condenado.

— Mas a sociedade?

— A sociedade deixará de apreciá-lo se você não continuar a ser o "Dr. Antônio"!

Sorri. Era um cavalheiro franco e empolgante. Sou também muito franco e gosto de gente decidida. Não fosse eu rio-grandense.

— Vou consultar com o advogado.

— Não consulte e conte a sua vida.

— Veremos.

— Vai agradar muito.

Fiquei vagamente lisonjeado. O cavalheiro estendeu-me a mão.

— Então, até amanhã, para começarmos?

— Até amanhã, veremos.

Passei a noite pensando, refletindo, nos intervalos das minhas crises, que alivio com Bálsamo Bengué.

Realmente! Que importava de mal a narrativa da minha vida? Quando da última vez fui preso por um crime que não cometi e do qual espero a sentença condenatória, um cronista escreveu o seguinte a meu respeito:

Lembro-me de que um dia mostraram-mo na Rua do Ouvidor.

— É aquele o Dr. Antônio!

Olhei-o com respeitoso carinho. Só o saber que enganava os outros, sem que a polícia o pudesse prender, dava-lhe uma auréola de superioridade mental. Que diferença entre um grande artista, um grande político e um grande gatuno? Mas, no ponto de vista de finura para a realização de uma obra precisa, nenhuma. Ainda não vira o ladrão de estrada, terror das populações, como os há na Itália, na Córsega, e como dizem há no Norte o Silvino. Mas o gatuno da cidade é uma flor de estufa. Não tem força, tem gênio; não tem revólver, tem habilidade; não incute pavor, inspira simpatia. A sua obra é sutil e irônica. Ele passa como um imposto ocasional à ladroeira organizada. No seu vivo olhar, vive o facho da anarquia; na sua mão esperta e delicada, vibra o arrepio das reivindicações sociais; no seu sorriso há dinamite que não estoura. Mirbeau, numa pequena peça, permite a um gatuno inteligente que se explique. E, como conclusão, na sua peça, parece que o gatuno, de todos os homens, ainda é o mais honesto. Chegar às violências paradoxais de Mirbeau é demasiado. Mas ter pelo gatuno uma simpatia grande é fenômeno geral, principalmente quando o roubo não é contra nós...

Por que simpatizamos todos com Arsène Lupin? Por que o Visconde Ponson conseguiu fazer uma criação tão citável como as de Homero, imaginando Rocambole? Porque nós amamos visceralmente o gatuno que engana os outros e não é preso. Assim, o Dr. Antônio tinha a minha consideração. Essa sua última metamorfose em rat d'hôtel *era de superior refinamento. E com redobrado valor, porque trabalhava só, não tinha cúmplices e tomava todas as precauções, como a de ir ao trabalho em menores e a de ter um cartão de capitalista.*

E depois, com paradoxo:

Que fará agora?
É preciso fugir, sair, desaparecer, tomar outro nome, continuar. Principalmente a praticar roubos inteligentes, agora que os meliantes sem cotação deram para roubar em plena Central de Polícia. Se se deixar impressionar pelas grades da prisão, se tiver a louca ideia de se regenerar, estará perdido. A regeneração passou de moda. Os homens desenvolvem-se na sua órbita, não se regeneram. Fazer frade o Brandão seria um disparate, fazer de um marinheiro um empregado público, seria ridículo. O gatuno, quando é só gatuno, quando adota na esperteza e no "avança" geral a mais difícil das profissões que é a de gatuno só, sem mais nada, tem de continuar, insistir, morrer nesse infernal e magnífico desporte. Quando se chega então a ser o Dr. Antônio, um representativo, o primeiro, o grande crime é não continuar.

Que seria do nome do Brasil, país tão abundante em representativos, se lhe viesse a faltar o representativo aos anais da mais ousada e inteligente das profissões? Era uma falha imperdoável, falha de gênio e falha de civilização. E por isso, ao saber da prisão do Dr. Antônio, eu tive quase a certeza de que ele sairá outra vez, para o nosso brilho e o nosso renome.

Não há dúvida alguma que seria interessante narrar a minha vida toda — para que se verifique que a Fatalidade faz e guia o homem e que eu tenho tanta culpa de ser o Dr. Antônio como Napoleão de ser Napoleão, José Bonifácio de ter sido José Bonifácio ou a Pepa Ruiz de ser a Pepa até agora. Mais. O público, lendo a verdade a meu respeito, contada por mim mesmo, verá que esse grande bandido, tirando o ato considerado crime pela sociedade, é um homem como qualquer outro, exatamente igual ou talvez melhor, e às vezes menos criminoso que outros sujeitos até depois de mortos respeitados.

Não digo isso para fazer galeria. Digo a verdade, e meta cada um a mão na consciência e veja se no descalabro social um rato de hotel é tão digno de culpa.

— Além do mais, acrescentou o homem do jornal na manhã seguinte, você foi o nosso primeiro rato de hotel. É preciso escrever as suas memórias!

— Pois escreva.

— Por que não escreve você?

— A mão treme. Sente-se, que eu dito.

E assim, durante dias, fui ditando e escrevendo o que se vai ler.

II.

A predição da cartomante

Tenho um certo acanhamento em dizer que sou de muito boa família. A minha delicadeza neste ponto é tanta que, saindo do Rio Grande do Sul, nunca mais lá voltei, morrendo de fato para os meus. Na carreira de aventuras em que me meti, de fato várias vezes o nome de família me foi trazido à baila. Nunca fiz disso proveito e sempre evitei referências. Neste momento mesmo, em que coordeno recordações para dar a esta narrativa um caráter de fria verdade, é com uma certa relutância íntima que começo pelo princípio. Teria vontade de dizer:

"Surgi inteiro, um dia, da retorta de um Demônio irônico. Vestia sobrecasaca, tinha um anel no dedo, carruagens, casa de negócio, vários nomes, e, com a minha presença, dos quartos sem luz desaparecia o dinheiro!"

Mas a realidade é sempre muito diversa do que se imagina ser. Quem souber dos meus princípios é como se tivesse visto ao natural um dramalhão ou lido um romance do Visconde Ponson.

Chamo-me Arthur Antunes Maciel. Sou da família dos Maciel, família rio-grandense. Não me perguntem mais. Tive uma vida de abundância, senão de riqueza, desde que nasci até aos vinte anos. Era o primogênito de quatro irmãos, um irmão e duas irmãs. Bem cedo aprendi a ler. Frequentei os melhores colégios de Porto Alegre. Nem uma inteligência de espantar, nem uma estupidez por aí além. Viveza, sutileza. Devo dizer que em tenra idade, ainda no colégio, veio-me uma propensão especial pelas mulheres de má vida. Frequentava-as, arranjava-lhes coisas, era o "bonitinho" de várias, que exploravam não só a minha adolescência como o meu nome, porque sabiam meu pai rico. Não continuei os estudos precisamente por causa das mulheres. Isso estabeleceu a desarmonia entre mim e meu pai. Nunca tive o coração muito terno. O meu apego à família não era grande. O ataque diário dos meus ao rumo que tomava irritou-me. Tínhamos cenas violentas, que aturava a custo.

À primeira, o velho chamou-me:

— O senhor fez isto?

— Eu?

— Não negue, que é ainda pior. Um homem não nega nunca o que faz.

— Pois bem, fui eu!

— Se tornar, justará contas comigo.

Eu continuei, e era em casa, nos poucos minutos em que estava, um verdadeiro inferno.

Meu pai só não tomava medidas violentas a pedido da família, que obstava o castigo com medo da repercussão do escândalo. Mas, secretamente, ia me cortando as verbas. Muitas vezes acontecia ir eu pela segunda vez a um credor e encontrá-lo feroz.

— O senhor ainda tem coragem?

— De quê?

— Sabe que seu pai proibiu expressamente que lhe desse mais dinheiro?

— Mas pagou, não? Então, o que tem?

— Menino, você acaba mal.

Tenho a certeza de que nunca me lembrei de surrupiar qualquer objeto ou mesmo dinheiro. Achava que a vida era o prazer, que o trabalho regular não se fizera para mim, que era preciso gastar dinheiro com as mulheres. Mas só. Eu era, como muitos rapazes, um excelente meio para a cultura de vários bacilos, mas sem os bacilos. Nunca me passara pela imaginação roubar. Andava na farra, contando com os dinheiros de meu pai, que considerava mais ou menos meus. Não lia, não estudava, não trabalhava: pandegava! Apaixonei-me por duas ou três mulheres, embriaguei-me, fiz noitadas, e acreditava a existência apenas isso...

Quantos rapazes, antes de mim e depois de mim, não têm tido exatamente as mesmas ideias? Alguns retardam o desastre porque o pai lhes morre a tempo deixando-lhes o dinheiro. Outros, sem imaginação, estúpidos e embrutecidos, caem na reles infâmia. E há alguns que nem mesmo o dinheiro salva do desastre. Se meu pai tivesse morrido nessa ocasião, teria adiado a minha fatalidade...

A minha fatalidade! Sim. Ela estava escrita, sem que eu desse por isso. Foi numa casa de mulheres, em 1888, que eu tive a denúncia do que ia ser. Frequentava o coio uma cigana cartomante e quiromante, que lá ia todas as semanas ver a sorte das pequenas. Nesse dia eu estava na sala da frente e elas todas teimavam que devia mostrar a mão.

— Não mostro!

— Mostra!

— Qual!

— Você tem medo.

— Medo de quê?

— Você acredita!

— Não acredito.

— Então mostre.

Contra a vontade, entreguei a sinistra às indagações da cigana. Era uma pequena suja, de grandes olhos, que trazia um macaco encarapitado ao ombro. Ela esteve muito tempo observando.

— Muitos amores.
— Quantos?
— Amores que passam uma porção.
— Então não me caso.
— Ah! Felizmente...
— Felizmente por quê?
— Vida até um certo ponto bem.
— E depois?
— Moléstias, moléstias.
— Não fico bom?
— Hum!
— Ao menos dize se sempre com dinheiro! — bradei meio zangado.
— Sim, fez ela. Nunca passará fome e terá muitos dinheiros, sim, muitos. Mas é verdade, tem bons sentimentos. É generoso.
— Pagar-te-ei. Fica tranquila.
— Gasta sempre tudo! É perseguido...
— Perseguido? — fiz eu, rindo.
— Muito.
— Por quê?
A cigana olhou-me fixamente.
— Ninguém foge à sua sorte. Quer que eu fale?
— Claro.
— Por...
— Dize, mulher.
Ela olhou para as meretrizes, olhou para mim.
— Por...
Fechou os olhos e fez com a mão o gesto de quem surrupia.
— Hein?
— É a mão que diz.
As meretrizes riam, e eu, meio desconcertado, nem coragem tive para dar na bruxa dois safanões...

III.

A sugestão do beco do Faina

Não dei dois safanões. Não. Por quê? Ainda hoje penso nesse momento. Foi tão importante na minha vida!... Se dissesse que acreditei, mentiria. Filho de homem rico, conceituado, considerado, sem nunca ter tido um leve sinal desse vício, não era muito provável que me tornasse de repente no que dizia a cartomante. Rapaz estroina, certo estava de o ser. Mais que estroina, fazendo contas, dando pequenos desgostos à família. Mas aquilo... E, muita vez, sem querer, me encontrava olhando a mão esquerda. O interessante é que as mulheres, infamíssimas, espalharam logo a pilhéria da quiromante, e que eu sentia nos seus olhos uma absoluta transformação.

Que extraordinário estudo para um homem de talento seria o que se deu comigo! Era para apreciar uma alteração precipitada da personalidade sob a ação da dúvida, do "pode bem ser". As mulheres contavam comigo? Sei lá. Elas olhavam-me como sendo eu mais que os companheiros de "farra". "Podia bem ser." Eu ia a pouco e pouco sentindo que havia dentro de mim um sujeito humilhado e que se revolta contra a humilhação. E continuava a tentar "facadas" nos amigos de meu pai.

Frequentava por essa ocasião o coio do beco do Faina uma cabocla de nome Alzira. Quando lá cheguei, uma certa tarde, estavam todos em torno da mesa na sala de jantar e notei dois espanhóis, havia certo tempo frequentadores, o capitão Gregório Soriano e o Júlio Charuteiro. A cabocla recebeu-me com ditérios:

— Eche! Como vem cheio.
— Cheio de quê?
— Olhem só a empáfia. Aquilo virado não cai nem cheta.
— Estás com os burros?
— Com os burros está a avó que era tropeira.

Avancei para ela. Houve um mexido na sala. Os dois espanhóis agarraram-me, levaram-me para a outra sala.

— Contenha-se, chê! A Alzira tem razão.
— Mas vocês ainda dizem que ela tem razão!
— Faz tudo aquilo por gostar de você.
— Hein?
— Coitada! Depois do que aconteceu a você, estava que não podia.
— Que aconteceu?
— Pois não sabe?
— Mas não me aconteceu nada!
— Menino, você não lê jornais!
— Que é que saiu nos jornais?
— Uma declaração de seu pai.

Senti um frio pela espinha. Aqueles espanhóis humilhavam-me com a vontade de meu pai!

— Que diz ele?
— Leia você, fez o Júlio, desdobrando a *Federação*. Li, de um fôlego, a declaração. Meu pai fazia ciente à praça e aos amigos que não se responsabilizava por dívida alguma de Arthur Antunes Maciel, seu filho maior... Amarrotei o jornal e caí no sofá com a cabeça entre as mãos. Era como nos dramas. Mas eu tinha dentro de mim uma raiva tremenda.

— Já vê que a nossa Zizi tem razão, fazia o capitão.
— Deixe de abatimentos!... — aconselhava Júlio.

O capitão aí tomou a palavra:

— Você compreende, menino, não quero dar conselhos. Mas, diante disso, eu, filho de meu pai, pregava uma aos velhos e raspava-me daqui a esperar a herança. É verdade, seu pai tem casas?

Olhei-o espantado.

— Tem.

— Sabe onde estão os títulos de propriedade?

— Sei.

— Mas é o que eu lhe digo, eu pregava uma partida. Caramba! Com que cara vai a passear *usted*, aí pelas *calles*. Pobre jovem!

Júlio Charuteiro queria fazer as pazes entre o par zangado. Trouxeram a Zizi. Bebemos. Saí já noite alta com vergonha de encontrar gente conhecida. Dormi como um bruto. No outro dia procurei sair sem falar aos parentes. Mas pareceu-me ter vontade de olhar um baú em que meu pai tinha os títulos de propriedade...

Passaram-se assim vários dias, em que a Alzira e todas as companheiras se mostravam indignadas com o procedimento de meu pai.

— Velho usurário!

— E seu irmão?

— Saiu ao pai!

Enquanto isso, o Júlio Charuteiro e o capitão Soriano, muito assíduos no coio e muito meus amigos, pagavam as bebidas, faziam todas as despesas, inclusive as minhas. Disse à Alzira:

— Sabes que não nasci para ser sustentado por homens nem por mulheres?

— A que propósito vem isso?

— É que estou vivendo às sopas daqui da casa e desses dois tipos.

— Coitados! São tão teus amigos!

— Parece-te?

— Olha, ainda ontem o capitão falou-me de ti.

— E que disse?

— Que se quisesses dinheiro poderias ter.
— Como?
— Pregando uma partida ao velho.
— Como? Não viste a declaração na *Federação*?
— O capitão falou-me em casas.
— Hein?
— Em casas do velho.
— Explica-te!
— Não sei, filho, é um negócio...

Fiquei nervosíssimo. Que ideia! Casas do velho. Mas que poderia eu fazer com elas? Quando o capitão chegou, fui logo a ele. Noto que não tomava satisfações, mas tinha um ar íntimo, falando baixo.

— Que negócio é esse de casas de que você falou à Alzira?

O capitão Soriano riu muito, alto. Júlio aproximou-se.

— De que se trata?
— Ora, da pilhéria que o Maciel deve fazer ao velho.
— Ah! sim, as casas...
— Mas vocês intrigam-me. Que devo fazer?
— Mas, vendê-las, meu menino.
— Hein?
— Uma a uma...
— Você está louco.
— É o que V. acabará fazendo e muito bem-feito.
— Mas como?
— Ora, morda aqui...
— Juro!
— E quer saber como poderá vendê-las?
— Era engraçado.
— Pois logo, quando sairmos, direi.

Bebemos e pandegamos até alta hora. Eles estavam no mesmo natural. Eu, não sabendo em que alhada me devia meter, olhava-os com uma certa precaução e um certo desejo de ir até o fim. Estava realmente aflito. Afinal, eles saíram e eu os acompanhei. Na escuridão do beco as duas vozes deixaram de ser fingidas, falando pela primeira vez francamente.

— Então quer saber? — perguntou o capitão.
— É um trabalho em que tomaremos parte — atalhou Júlio.
— Que é?
— Não se trata de venda.
— Ah!
— Você sabe onde estão os papéis de seu pai?
— Sei.
— Pois tire um dos títulos de propriedade dele.
— E depois?
— Ele não dá por isso, porque não abre todos os dias a gaveta.
— O baú.
— Ah! É um baú! — atalhou de novo o Júlio.
— Nós negociamos a hipoteca. Você tem o hábito da assinatura do velho e basta fazê-la. De tudo mais nos encarregamos nós.
— Só?
— Do que der, você terá uma metade e nós outra.
— Está combinado?
— Mas esperem...
— Aproveite esta noite, menino. Estamos ajudando-o. Nada lhe pode acontecer.
— Mas...
— Deixe de criançada. Esperamo-lo amanhã cedo.
— Aqui?
— Aqui.
— E...
— Até amanhã. Tenha sorte.
— Mas eu não disse que faço.
— Pior para si. Há de lucrar muito com isso...

E eu os vi que se perdiam na sombra. Eram duas da manhã.

IV.

O primeiro crime

Escrevi como título deste capítulo "o primeiro crime" para me dar a mim todo o seu peso. Mas hoje, passado tanto tempo, acho bem que fui vítima, vítima do crime de fraqueza de meu pai, que não me soube tirar a tempo das más companhias, afastando-se e abandonando-me publicamente. E vítima também desses tipos ignóbeis com quem andava.

No primeiro crime o maior bandido é sempre a vítima. Ide procurar as causas e haveis de vê-las terríveis, culpando inexoravelmente os que o impeliram à prática da ação contra o código.

Deixei o beco do Faina como se tivesse levado uma sova. Tinha um abatimento geral, um cansaço inexplicável e as ideias eram-me confusas. Ia devagar, querendo em vão reagir. Quando cheguei a casa eram três horas da manhã. Entrei para o meu quarto, procurando não fazer rumor. Meu pai estava fora, na estância. Despi-me, preparei-me para dormir. Só não me deitei, à espera não sei de quê e apesar da extrema fadiga. Passeava da cama para a janela e da janela para a cama.

Foi num desses passeios que deixei as chinelas, peguei da vela e segui pelo corredor. Quando cheguei a uma porta abri-a devagar, olhei. Era o quarto que servia de escritório e lá estava o baú. A chave devia estar na secretária. Entrei, fechei a porta, coloquei a vela na secretária, abri a gaveta. Lá estava a chave.

Voltei-me para o baú, curvei-me, meti a chave, abri. Fizera todos aqueles gestos com calma e aparente tranquilidade. A vista dos títulos deu-me, porém, um medo convulsivo. Tremia, os dentes batiam-me. Peguei de um ao acaso, tornei a fechar o baú, meti a chave na gaveta da secretária, saí para o corredor, fui pé ante pé para o meu quarto.

— Que horror! Que horror! Que fizeste! Volta atrás! — dizia-me uma voz dentro d'alma.

Mas outra murmurava:

— Como é fácil! Como é simples! Como é rápido!

Fiquei assim até de manhã, em que saí para espairecer. Quando cheguei ao lugar do encontro, capitão Soriano e o Júlio Charuteiro já me esperavam.

— Então?

— Consegui um.

— Deixa ver.

— Não. Vamos ver com calma.

— Agora não te incomodes mais — disse Júlio. — Tratamos do resto.

— Preciso saber as condições.

— Negócio é negócio, fez o capitão. Tens metade da hipoteca.

Vi como eles se tinham servido de mim, como fora vítima de um arranjo bem arquitetado. Mas não recuei.

— Aceito.

— Então vamos.

Nunca pensei que fosse tão fácil. Vinte e quatro horas depois um homem aceitava a hipoteca do prédio de meu pai, um dos melhores dele — por dez contos. Não larguei mais os dois meliantes. Na ocasião de receber o dinheiro, o capitão avançou. Fiquei louco de raiva. Quando chegamos à rua, silvei:

— O meu dinheiro...

— Ah! É verdade. Vamos dividir. Tu tens dois contos e quinhentos.

— Vocês pensam que eu vendo o que devia ser meu, engano meu pai e pratico um roubo para dar dinheiro a malandros? Estão muito mal enganados. Capitão, deixe ver os cinco contos!...

— Menino!

— Ou eu vou daqui para a polícia com vocês...

— Que é isso?

— Deixe ver. É o que lhe digo!

— Não vês que estamos a brincar! — exclamou Júlio Charuteiro.

— O dinheiro!

O capitão coçou-se. Pus a mão à cinta. Tinha uma pistola.

— Entremos aí num lugar.

— Aqui mesmo.

Era na rua. Então Soriano contou os cinco pacotes e mos deu um a um. Quando acabou, silvou:

— Patife!

— Somos.

— Vem daí pagar uma bebida.

Fui. Passei quatro dias magníficos e despreocupados. Ao fim desse breve tempo, meu pai de volta, como eu saísse de casa à hora do almoço, abotoou-me no corredor:

— Infame! Ladrão!

Já sabia. Fora criancice minha pensar que levaria tempo para saber.

— Desonraste o meu nome! Bandido! Não és meu filho. Expulso-te de casa...

— Mas, meu pai...

— Vou retirar a hipoteca, desgraçado! O teu fim não quero ter. Antes de sair, porém, sais tu.

— Mas...

— Arranje a mala, suma-se. Nunca mais o quero ver...

Empurrou-me até o quarto, obrigou-me, espumando, a arranjar a trouxa. Quando me viu pronto:

— Mande buscar isto e lembre-se que não o quero ver nunca mais.

— E os outros?

— Um homem como ficaste não tem parentes. Some-te. E lembra-te, desgraçado, de que não és meu filho...

Caminhei sem voltar-me. Não o vi mais. Nunca mais. E obedeci a sua ordem: não voltei nunca ao Rio Grande, não vi nunca mais parente algum, perdi o nome, a família, a fortuna naquele dia. Último gesto de quem fora um descendente de uma digna gente...

V.

Só, entre ladrões, resolvo fugir

Fiquei na casa do beco do Faina. O homem que foi buscar a minha mala trouxe um recado de meu pai: que, à menor coisa que soubesse de mim no Rio Grande, os meus dias estariam findos. Compreendi ser preciso partir. Não tinha profissão, não sabia nada, estava acostumado ao fausto... Momento doloroso! Passei negramente triste. Não saía com medo de encontrar gente conhecida que já soubesse da história e me recusasse o cumprimento. Era preciso partir. Mas para ser o quê?

O formidável capitão Soriano ria com o Júlio.

— Nada de tristezas.

— Mas que hei de fazer?

— Esperar que o velho bata a bota.

— Com quatro contos e tanto?

— Podes trabalhar.

— Em quê?

Eles então desmascararam-se por completo.

— Queres ser dos nossos? — indagou Júlio.

O capitão ergueu-se.

— O menino é valente e inteligente. Conta-lhe, Júlio.

E afastou-se, digno.

Júlio contou. Eles eram ladrões narcotizadores, ratos de hotel, batedores de carteira. Faziam parte de uma quadrilha de Montevidéu.

Estavam fugidos. Eu poderia trabalhar por conta deles, levando uma comissão. Não haveria perigo. Passaria muito tempo até que desconfiassem de mim. Percebi que era uma exploração em regra que os dois patifes queriam fazer de mim. Mas senti o irreprimível desejo de aprender — o que eles me propunham. Resolvi pois dizer a tudo: "sim" e escapar na primeira ocasião. Tinha nojo e curiosidade dos meliantes.

— Queres ser dos nossos?

— Sim.

— É por pouco tempo, e vais ver como é fácil.

Expuseram-me os princípios da profissão. Vieram as chaves falsas, os recursos para quando se é pego, apagar a vela com os dois dedos molhados em saliva em vez de a soprar; o atracão das pessoas que têm carteira, o roubo dos alfinetes de gravata. Ambos sabiam aquilo maquinalmente como operários de uma fábrica de tecido. Tinham uma inteligência restrita, limitada. Ao cabo de oito dias, entraram no domínio dos casos. Gatunos que contam casos, sempre os mesmos, repetindo coisas que se sente serem mentiras a dez léguas!

Não há como o medíocre para contar muita coisa a ver se vira importante.

O capitão e o Júlio contaram uma série de mentiras. Eu, prudentemente, tinha o meu dinheiro sempre na mão.

Mas ia fazendo o meu exame de consciência e imaginando o que deveria fazer. Em primeiro lugar: abandonar esses companheiros indecentes. Fosse qual fosse o meu desejo, não me convinham. Tinha-lhes um secreto ódio, mas a inteligência pesou bem o pró e o contra e viu que com eles só tinha a perder. Em segundo lugar, era preciso deixar o Rio Grande. O que eles me tinham sugerido poderia ser útil uma ou outra vez — quando houvesse urgente necessidade de dinheiro.

Assim, resolvi partir para o Rio de Janeiro imediatamente, sem lhes dar conta, nem a ninguém, da minha resolução. Partir, ver a capital, depois da grande agitação por que tinha passado! Porque era em fins de novembro de 1889... O "Dr. Antônio" nasceu com a República.

Preparei-me, sem que ninguém soubesse, e embarquei no *Rio Paraná*, sem me despedir dos dois bandidos nem de minha família. Poderia dizer que pensava em regenerar-me, voltar rico e honrado, ser recebido como o filho pródigo. É bonito, e vem nos romances. Mentiria, porém. Não pensava em nada, absolutamente nada, a não ser em ir divertir-me na ex-corte.

Assim, deixei sem lágrimas, sem saudades e sem ideias Porto Alegre e o Rio Grande, aonde nunca mais voltei. Enfarei-me a bordo, joguei, perdi um pouco e saltei ávido na imundície indescritível do cais Pharoux, tão diferente do que é hoje. Como não sabia de nada, fui para um hotel da Rua da Misericórdia, denominado dos Estados. Nessa mesma noite estava no jardim do Recreio vendo as mulheres, algumas abrilhantadas e de chapéu, outras de cesta de flores pelo jardim.

A impressão que o Rio causava no provinciano era de transtornar a cabeça. Ir ao Pascoal e ao Cailteau à tarde, ir aos teatros à noite, ver o luxo, as mulheres, aquela gente animada. Fui gastando o dinheiro à larga, mas pagando o meu hotel sempre em dia. Ainda não pensara no amanhã. Ia sair uma tarde, quando vi, pela janela de uma área envidraçada, um outro hóspede que contava dinheiro e o guardava numa gaveta. Ocultei-me um pouco. O homem vestiu-se e saiu. Então voltei para o meu quarto, deixei o chapéu alto, o *frack*, as botas e vim até à janela. Saltei-a, fui pelo arame até o quarto, abri a gaveta. Continha 1.530$000. Tirei 400$ e tornei a voltar pela tela de arame, entrei no meu quarto e saí calmamente.

Como fiz isso?

Não sei dizer. Posso afirmar que uma vontade superior me impelia como em estado de hipnose. É um outro ser que toma conta de mim. O "Dr. Antônio" entrava no corpo de Arthur Maciel. Não tive a menor inquietação, nem saí do hotel. O homem parece que não percebeu a falta do dinheiro. À vista disso, uma madrugada passei pelo quarto dele e, vendo a porta cerrada, entrei e, mesmo no escuro, abri a gaveta e senti no mesmo lugar o dinheiro. Levei todo e dormi tranquilo. Só dois dias depois o coitado deu por falta. Era um imbecil.

Aproveitei outros hóspedes que se mudavam, pondo culpas para o pessoal do hotel, e mudei-me para o Carson's Hotel. Então, já não era eu. Era um *dandy* tranquilo, com um anel de médico no anular, o sorriso no lábio tranquilo, era o "Dr. Antônio".

Como foi isso?

Não sei. Ia começar a minha epopeia. Tomei um carro de cocheira, enveredei por um alfaiate de primeira ordem e entrei na grande vida.

Vinte homens num só

Era em 1890. Trabalhar? Não pensava nisso. Meter-me com gente baixa? Não! Cometer pequenas falcatruas, pertencendo a quadrilhas? Eu! Em hipótese alguma! Tinha dentro de mim um espírito satânico, um espírito diabólico. A praça era minha. Bastaria afoiteza, calma e inteligência. Então eu mesmo fiquei admirado do que praticava. Tomei um quarto no Vitória, outro no Estrangeiros, outro no Internacional, outro na Ville Moreau. No Carson's, apenas, usei o nome de Dr. Antônio, nome que nunca mais usei. Era num Júlio Dória. Era noutro Artur Barcelos, era noutro Antenor Guimarães. E era burguês rico em Niterói, onde me fizera sócio de uma alfaiataria na Rua do Imperador. O meu sócio chama-se Alberto Rocha.

Em Niterói eu era familiar. Era no tempo em que o ilustre Portela dava dinheiro a muita gente boa. Eu cavava a vida! Dentro de dois meses também tive quarto no Giorelli e no Hotel Caboclo. Em todos esses hotéis tinha uma mala com roupas e um nome diverso. Tinha assim ingresso em todos. Nunca me disfarcei. Quando muito um *pince-nez* azul. Nunca usei de uma chave falsa, de uma gazua, nunca violentei uma porta.

O meu processo era o ensinado pelo Júlio Charuteiro, com o aperfeiçoamento de uma inteligência aguçada e preparada.

Entrava, via a porta aberta, retirava as joias, a carteira, e ia deitar noutro hotel, perfeitamente calmo. Às vezes ficava no mesmo. Quantas vezes o criado acordava-me com o café.

— V. Exª· não sabe?

— Que há?

— Houve hoje um roubo aqui.

— Que me diz?

— Entraram no 25.

— Muita coisa?

— O hóspede diz que foi muito.

Fiz-me roubado duas ou três vezes, em vários sítios, preparando adrede o cenário. Os gerentes vinham loucos. Eu mostrava-lhe valises cortadas, o bolso sem o relógio.

— Vamos dar queixa à Polícia.

— Para quê? A Polícia não adianta; vem apenas desmoralizar o seu estabelecimento com a publicação nos jornais.

E saía calmo e tranquilo. Era uma vida intensa. Às vezes passava até alta hora na pândega com mulheres e sem amigos. Os amigos que tenho tido têm sido refinados exploradores. Dessa época de teatros, lembra-me que ia sempre de camarote. Uma noite, no Variedades, vi, fronteira a mim, noutro camarote, uma formosa mulher. Fugi sempre de paixões, mas aquela era muito bonita. Terminado o ato, a mulher saiu a tomar, no corredor virado botequim, um refresco. Sentei-me noutro extremo, só, e estava a fitá-la, quando senti sobre mim um olhar. Era de um homem reforçado, simpático, que sorria. Ele adivinhava o meu pensamento; cumprimentou-me:

— Desculpe o cavalheiro eu estar a olhá-lo.

— Oh! Nada...

— É que eu conheço a mulher que o senhor olha.

— Ah!

— É a Etelvina, uma viúva. Mas corta.

— Corta?

— Com gente graúda. A questão é de dinheiro.

E ficou conversando, afável. Quando retiniu a campainha para o outro ato, deu-me o seu cartão: José de Barros, maquinista mecânico. No outro intervalo apareceu com um rapaz de olhar vivo e móvel. Conversamos ainda. Era divertidíssimo. Por fim apresentou-me o rapaz:

— Anísio Ferreira, estudante de Direito, o Dr...

— Artur Barcelos...

— Muita honra.

Aproveitei a ocasião para mandar um bilhete a Etelvina, pelo *garçon*, a quem dei uma larga gorjeta. O *garçon* voltou sem resposta.

— Onde mora ela?

— Na Lapa.

— Vou mandar-lhe o meu carro.

— Faz o senhor muito bem.

Mas Etelvina mandou agradecer o oferecimento, secamente. Era preciso fazer a corte. Teria eu tempo? A José de Barros e ao estudante Fernandes encontrei mais duas vezes. Depois, só o Barros. Fernandes desaparecera. Ora, uma vez estava provando roupa no meu alfaiate, que era então na Rua dos Ourives, n.º 13, quando, sacudindo o *frack*, caiu um cartão. O alfaiate apanhou, e vendo o nome:

— O doutor conhece este indivíduo?

— Conhecimento de teatro.

— Pois precavenha-se.

— Por quê?

— Porque é um refinado ladrão, batedor de carteiras.

A ironia da sorte! Aquele gatuno queria roubar-me... Como eu parecia bem! Fiquei-lhe com imensa simpatia, mas como queria tirar a limpo a coisa, interroguei mais o alfaiate e, de posse de todos os dados, quando, à tarde, vi Barros no Largo de S. Francisco, tomei um ar superior:

— Meu caro Barros, acabo de saber de você uma coisa que muito me desgostou.

— O quê?

— Acabam de me dizer que você é ladrão.

Ele teve um repentino susto de olhos, mas recobrou-se logo.

— O senhor insulta-me!

— Não sou eu.

— Quem lhe disse essa calúnia?

— Um alfaiate da Rua dos Ourives, nº 13. Disse que você "fez-lhe" uma partida de calças e que passa o "conto do vigário".

— Infame! Pois se nem o conheço!

— Então?

— Hei de ir lá consigo. É engano, decerto.

Eu sorria. Ele, então, mudou de conversa:

— Aonde vai?

— Ao Pascoal.

— Eu vou ao Rocio, até logo.

E andou apressado...

Lembro-me que, anos depois, sendo preso na Detenção, deram-me por companheiro de cubículo um rapaz ardente, de olhos vivos.

— Você aqui, menino?

— Então é você o Dr. Antônio?

E, rindo:

— Só o Barros podia ter ideias de te embrulhar. Era burro. Eu, com dois dias, vi logo com quem tratava!

O meu companheiro de masmorra, que me tinham apresentado como o estudante Fernandes, era apenas o célebre Dr. Anísio!

VII.

A primeira prisão

Fatalmente, não esquecia Etelvina. Ela morava na Rua dos Inválidos, nº 52. Eu, como lhe tinha muita simpatia, receava aproximar-me. Se virasse amor? Poderia esconder toda vida a minha profissão? Então, procurava aturdir-me no exercício de trabalhos ou em prazeres. Gastava assim enormemente. Só poderia passar despercebido numa cidade como o Rio um homem gastando o que eu gastava em carros, hotéis, mulheres e teatros — naquela época, que era a do Encilhamento. Nesse período de papelada, os cocheiros e os copeiros amanheciam milionários. O meu ar solene dava-me mesmo um aspecto consolidado, de fortuna do interior, que só sabe gastar a renda. Mas eram prodígios que eu executava, para manter a linha *dandy*, a linha *comme il faut*. Só no Carson's dera o nome de "Dr. Antônio", o nome que devia ficar como o do meu outro eu, e executava-me de modo a poder em Niterói ser bem familiar. Ia a bailes, frequentava o Club Santa Rosa, assinava subscrições para festas ao Dr. Portela e dava-me muito com o delegado de polícia. Decididamente não nasci para viver com a canalha. Só me sinto bem ao lado de gente de posição social.

Ora, precisamente essa vida devia cessar. O delegado de polícia, que era capitão, ia casar. Feliz rapaz! Morava no Ingá e convidara-me. Não podia recusar. Eu tinha nesse tempo duas ou três amigas no Rio. Uma delas era uma italiana, a Victoria Victorini, que em uma semana já me ficara por mais de dois contos. Na véspera do casamento do delegado deu-me uma grande gana da Victorini. Querer explorar-me assim, cinicamente! Era evidentemente demais. Tratei-a, porém, muito bem. Fomos ao teatro juntos, ceamos juntos no Desiré e eu fiz questão que ela tomasse um cálice de cacau, servido por mim. Quando tomamos o carro, a Victorini quis ir logo para casa, porque estava com muito sono. Levei-a até a casa, deitei-a. Ela dormia profundamente. Fora um sono realmente brusco.

Deixei o seu quarto, muito desgostoso, e, no outro dia, estava no casamento do delegado, em Niterói, onde me diverti muitíssimo.

No dia seguinte, ia pela Rua do Ouvidor, quando um sujeito de mim se aproximou:

— Faz obséquio de acompanhar-me.

— Acompanhá-lo? Quem é você?

— De ordem do 2º delegado.

— Hein?

Ah! Não imaginam os que nunca ouviram essa intimação, de repente, o efeito que ela faz "pela primeira vez"! É uma completa reviravolta interna, um sacolejamento do organismo, em que tudo se confunde. E, talvez porque não se espera, esse esmagamento do medo é tão grande que nunca mais deixa o culpado. Estou que a pessoa que esperar sempre esse momento tem meio caminho da vitória — porque assim se livrará do medo da polícia, isto é, é da incapacidade de resistir. É o medo de quem pisa em falso, é o medo do escândalo, é o medo da prisão? Sei lá. É pavoroso. Eu recobrei-me. Mas o medo tinha entrado. Havia de recear a autoridade por toda a vida...

— Digo-lhe que tem de me acompanhar à Central — continuou o homem.

— O senhor engana-se.

— Vamos, siga.

— É um erro.

— Dirá lá.

Fui gravemente. O delegado olhou-me com severidade, quando o agente me introduziu na sala.

— Como se chama?

Dei o nome que tinha no Hotel Vitória, e já aí recobrado.

— Permita, Sr. delegado, protestar contra esta prisão. Por que me mandou chamar?

— Porque uma italiana, Victoria Victorini, acusa-o de tê-la roubado, depois de narcotizá-la com um cálice de licor de cacau.

— Mas é falso. Deixei essa mulher, depois de gastar com ela perto de dois contos!

— De fato. Mas o roubo foi grande.

— O senhor insulta-me.

— Vamos a ver.

— Não tem provas.

— Por enquanto, fica incomunicável.

E mandou-me para a celebrada sala dos agentes. Com que repugnância fiquei ali! Era a minha cara, dada para todos os agentes, era cada dia a certeza de que aqueles sujeitos não me deixariam mais, era claramente o decreto de que não poderia mais operar sutilmente, e só; mas que teria de dar bola a todos os molossos, que me olhavam com aquele olhar de "secretas", que deixam de ter dúvidas...

Entretanto, mandava buscar comida em bons *restaurants* e conservava um mutismo superior. O delegado não encontrava provas contra mim. Apenas os jornais falavam arrastando o meu nome na morosa fantasia dos *reporters*! Apenas os agentes olhavam para mim e aconselhavam-me a constituir advogado. Metera o pé na terrível engrenagem de onde jamais se sai.

Felizmente, depois de uma busca nas minhas roupas do Vitória e de duas acareações com a infame Victorini, a quem tratei de alto, com supremo desdém de quem paga — o delegado pôs-me na rua.

Saí resolvido a partir logo. E sentia que não devia mais dar a cara aos agentes, e estava envergonhado das minhas relações em Niterói. Que pensariam as famílias em cuja casa eu estivera?

Nessa mesma noite, encontrei um homem de bengalão.

— Boa noite — disse sem medo.

— Boa noite — respondi seco.

— Está gozando o fresco...

— Por quem me toma o senhor?

— Não se lembra de mim?

— Não.

— Eu o via sempre na sala dos secretas...

— Ah!

— Como o senhor é abonado, podia passar uma de dez.

Era a malha que eu previa. Resistir, como? Passei a nota, apressei o passo.

Esse diálogo, que guardo bem vivo, era o primeiro diálogo quando os secretas não conhecem bem o criminoso. Havia de ter outros mais breves e sem nenhum motivo; havia de ver a extorsão e a *chantage* na frase: ou a bolsa ou a prisão!

Todas aquelas emoções davam-me, porém, um desejo louco de afeições sinceras. A Etelvina já seria tão boa, tão doce. Tomei-me de coragem e fui à casa dela, declarar-lhe a minha paixão. Ela ouviu-me, um pouco nervosa. Eu falava e contava desde o dia em que a vira no Variedades.

— Quem é o senhor?

— Júlio Dória, estancieiro. Deixe-me ficar. Não se arrependerá. Quero a prisão dos teus braços...

E nesse dia a felicidade passou no espaldar da cama em que dormi.

VIII.

Período do grande fausto

Etelvina era rio-grandense. Forte, franca, leal, sincera. Como dá coragem o amor de uma mulher!

Ela não desconfiava de nada, mas a minha coragem e a minha habilidade cresceram ao sentir a necessidade de mantê-la. A minha vida de homem rico tornou-se a de um príncipe do dinheiro.

Mobílias novas foram para a sua casa. Cobri-a de joias e de sedas. Fiz-lhe a vida um conto de fadas. Às vezes tinha tido um dia em que arriscara a vida. À noite tomava camarote defronte da frisa do delegado e assistia às peças em frente da autoridade. Andava sempre de carro, tinha um criado particular — João Pereira da Silva. Estava em toda parte onde se vive bem.

Como vivia? De quê? De uma extraordinária presença de espírito. Era preciso agir? Agia. Mas com a sutileza de um espírito diabólico. Desse período tenho vários episódios. Um do Hotel Cândido, hoje Metrópole, nas Laranjeiras. Lá estava com a filha o comendador Oliveira, possuidor de uma fortuna de 5.000 contos, viúvo e só com a filha. Eu era hóspede, entrei de madrugada, vi-lhe o quarto aberto, fui-lhe ao bolso, retirei a carteira e as joias — ao todo seis contos. No dia seguinte, à hora do café, estava no refeitório quando apareceu o comendador, vestido e calmo:

— Sabe de uma coisa, Sr. Gerente?

— Sr. comendador...

— Fui roubado esta noite.

— Não é possível!

— A minha carteira, o meu relógio, os meus botões de punho.

— Mas é impossível! — clamou o gerente.

— Obra de seis contos...

— Mas é preciso chamar a polícia!

— Certamente — intervim eu.

— Qual, a polícia vai incomodar-me e não torna a pegar o meu dinheiro.

— Mas Sr. comendador...

— Proíbo que dê uma palavra a respeito. Depois, ainda tive muita sorte... — concluiu sorrindo.

— Como, Sr. comendador? — indaguei.

— O ladrão não viu o embrulho que eu tinha do outro lado da sobrecasaca.

— Eram valores?

S. Exª meteu a mão no bolso, tirou um embrulho:

— Eram, Dr. Maciel, 22 contos em notas de 500$. Esses ladrões sempre perdoam à gente alguma coisa.

Sorri amarelo, mas o comendador era um *gentleman*.

Ainda outro caso que explica a interrupção da sorte. Uma vez ia eu a pé, de volta da casa da Etelvina. Fizera um passeio enorme, meio nervoso, e passava pelo Giorelli, quando vi a porta entreaberta. Nunca reflito no grande momento. Empurrei a porta e subi grave. Eram duas e meia da manhã. Ao chegar ao alto do corredor, não encontrando ninguém, dirigi-me ao banheiro, despi a sobrecasaca, a cartola, as botas e fui por um corredor. Um dos quartos tinha luz e a porta entreaberta. Olhei. Um homem dormia espapaçado na cama. Um livro rolara no tapete. A vela ardia. Empurrei a porta, tomei noção do quarto, caminhei para a vela que apaguei com os dois dedos molhados em saliva. Depois, esvaziei as algibeiras do casaco, da calça e do colete no cabide e tomei da valise que existia na cômoda. Nesse momento, senti a porta que se fechava embaixo, e os passos de um homem subindo a escada.

Estava perdido!

Saí, então. Em frente havia um quarto cuja porta cedeu. Estava vazio. Meti-me aí. O hóspede era do quarto pegado àquele em que eu vira o sujeito dormindo. Entrou cantarolando em espanhol.

— Estás dormindo? — indagou alto, batendo no tabique.

A essa voz, vi as coisas integralmente pretas. Corri ao banheiro, vesti-me às pressas, tentei, por todos os meios, no escuro, abrir a valise. Não era possível. Então, desesperado, atirei com a valise para detrás da caixa-d'água, e saí, pé ante pé. Se os sujeitos já tivessem dado pelo roubo!

Quando descia o último degrau, um pulso pesado caiu sobre mim e uma voz grossa de sono disse:

— Que vem cá fazer?

Olhei. Era o porteiro.

— Abra a porta — respondi, enérgico.

— Nada de conversas.

— Não vê que eu sou o hóspede do quarto 12? Abra, tenho pressa.

— Do 12? Que vai fazer V. Sª a esta hora?

— O que não é da sua conta. Abra.

— Perdão, se abuso.

— Abra.

O porteiro abriu. Saí no mesmo passo. Miraculosamente, um *tilbury* passava. Tomei-o para que me largasse na Central. Minutos depois, saí da estação e fui a pé. Tinha sorte? Não. Dois dias depois, lendo os jornais, vi que a tal valise continha 7.000 pesos em ouro!

Felizmente, nem sempre os perigos tiveram resultados tão edificantes, um pouco exemplares do ladrão roubado. Não havia um dia em que eu não trabalhasse. Era a chance consecutiva.

Apenas, às notícias dos jornais, vinham três ou quatro agentes resolvidos a sacar sem cerimônia, e alguns cavalheiros, que, vendo o meu luxo, pretendiam propor-me altos negócios. Um deles era Miguel Vellez, um dos bandidos que, pela ordem cronológica, foi o meu primeiro ladrão.

Ora, precisamente Etelvina estava com vontade de dar um passeio. Agradava-me, mas ainda não tínhamos marcado dia. Estava eu no Carson's, à tarde, conversando com o uruguaio Gutierrez. Ele estava radiante. Ganhara na Bolsa treze contos. Mostrou-mos.

— *El* Dr. janta hoje comigo.
— *Como quiera usted.*

Acompanhei-o ao quarto. Ele fazia a *toilette* para jantar, mudando a camisa e outra roupa escura. Pegou do maço de notas, pô-las no toucador.

Eu gravemente mostrei-lhe a minha carteira.
— Cinco contos.
— Só ganhei-os hoje na venda de umas ações. Parto amanhã para S. Paulo.
— Que vai fazer?
— Levar minha amante. Acabando de jantar, tenho de ir encomendar um carro especial.

O uruguaio olhou para mim.
— Caramba!
— De quê? fiz eu displicente. Nunca viajei senão assim...

O uruguaio meteu o dinheiro na gaveta da cômoda da qual tirou a chave e fomos jantar. Jantamos com *champagne*. Magnífico jantar. Ao terminar, consultei o relógio:

— Tenho de ir encomendar o trem. Quer vir comigo?
— Com *placer*, querido amigo.
— Tenho aí o meu carro. Então espere um instante enquanto vou buscar o meu sobretudo.

Ele ficou à mesa. Subi rápido. Entrei no quarto dele, desfiz a cama, remexi os colchões, atirei roupas pelo chão e experimentei a chave da minha cômoda na dele. À terceira investida, abriu-se. Tirei o maço de notas, retirei-me fechando a porta, tomei o sobretudo no meu quarto e desci.

— *Caballero a la disposición de usted.*
— *Gracias.*

E tomamos o carro em direção à Central. Depois, estive com a Etelvina no meu camarote de teatro até tarde. No dia seguinte partia para a Pauliceia em carro especial. Íamos eu, Etelvina, a sua *femme de chambre* Maria da Conceição, e o meu *valet* João da Silva. Em Taubaté, mandei passar um telegrama ao Grande Hotel para que nos reservasse aposentos...

IX.

O episódio da francesa

De volta de S. Paulo, hospedei-me no Hotel dos Estrangeiros.

Era o momento do meu apogeu. Tinha carro por mês e estava hospedado em três hotéis ao mesmo tempo: no Estrangeiros, no Vitória e no Internacional. A minha vida aparentava a calma de um sólido capital. Acordava tarde, ia para o almoço. O carro esperava-me. Seguia para a cidade, onde fazia o *après-midi* com Etelvina. Depois, à tarde, ia passear a Botafogo, gozando os crepúsculos sobre a divina baía. Apontavam-me. Muita vez ouvi perguntar:

— Quem é?

— É um ricaço.

— É um deputado paulista.

— É um operador célebre.

Dera no Estrangeiros o meu cartão:

```
Dr. Artur José de
      Oliveira

       Médico

              S. PAULO
```

Diariamente, ao sair, via-o no quadro, rebrilhando entre nomes nacionais e estrangeiros. Ficava bem. Eu usava sobrecasaca, um grande anel de esmeralda. Devo dizer que não tinha plano algum preconcebido. Para um artista com prática nessa profissão, o plano é um estorvo, porque o impossibilita de agir nos outros casos acidentais muitas vezes maiores. Eu ocupava no Estrangeiros um dos quartos da frente no primeiro andar. Pagara adiantado. Dava largas gorjetas. Chegava tarde sempre. Muito tarde. Despia-me e saía pelos corredores no escuro. Não haveria quem me tomasse por ladrão, numa tal pose. Depois, pela manhã, era sempre o severo Dr. Oliveira.

Ora, precisamente no hotel havia uma francesa com uma porção de malas e bem apetecível. Cumprimentei-a, cumprimentou-me. Almoçávamos em mesas fronteiras. A princípio trocamos breves palavras. Depois ela pediu-me largas informações sobre a cidade. Vinha montar, creio, um estabelecimento de roupas brancas: chamava-se Liane Dumont. Percebi que ela desejava um protetor sério por muito tempo — o que não me servia —, quando, indo uma vez a sair, depois do almoço, ela alcançou-me à porta:

— Doutor, era capaz de prestar-me um grande favor?

Pensei que fosse consulta médica e respondi, já disposto a sair do hotel:

— Pois não. Tem algum incômodo?

— Não. Felizmente bem. Não se trata disso.

— Então, que deseja?

— É que recebi esta ordem de 25.000 francos sobre o Banco Inglês e desejava que me levasse a recebê-la. Não entendo nada disso.

— Mas às suas ordens.

— Então, amanhã.

— Já, se quiser.

Levei-a no meu carro, conversando com certo encanto. Entramos no Banco, fiz Mme. Dumont receber o seu dinheiro, saímos a tomar um sorvete no Pascoal. Aí propus-lhe um passeio à tarde, por Botafogo.

— *Avec plaisir.*

— Então às cinco?

— Perfeitamente. Diga-me: para onde vai agora?

— Volto ao hotel para dormir um pouco.

Ela pensou:

— Tenho ainda de ir à Notre Dame fazer umas compras. Peço-lhe um obséquio ainda.

— Todo seu.

— Guarde-me até logo estes 24.000 francos.

Desamarrou o maço de notas, de 25 bilhetes azuis, porque exigira no Banco dinheiro francês, o que até nos fez demorar, tirou uma nota, deu-me o maço, com toda a franqueza. Guardei o maço com indiferença no bolso da calça e continuamos a tomar sorvete. Ainda conversamos. Foi ela que se levantou.

— Até logo.

— Acompanho-a até à Notre Dame.

Descemos até a casa, que era a primeira do Rio. Vi o meu carro no Largo de S. Francisco; chamei-o.

— Você fica, para levar Mme. ao hotel. Esteja depois às 5 horas para dar um passeio pela praia.

Ela agradeceu-me muito e entrou na Notre Dame. Fui no mesmo passo até um *tilbury*.

— Estrangeiros!

O cocheiro chicoteou o animal, desceu pelo Rocio. Só aí tive a sensação de que aqueles 24 mil francos eram meus. Foi como um raio. Apalpei as algibeiras e gritei:

— A toda!

Quando saltei, perguntei ao porteiro:

— Mme. Dumont já veio?

— Não senhor.

— Recebi agora mesmo um telegrama urgente de Minas e parto no comboio da tarde.

— Ah! Bem.

— Guarde o meu quarto, já pago até o fim da quinzena. Volto dentro de cinco dias. É o diabo este telegrama.

E mostrava um velho telegrama, que sempre trazia no bolso.

Subi, tomei da mala de mão, meti tudo quanto podia nela meter, desci.

— Diga a Mme. Dumont o meu impedimento. O meu carro fica às ordens dela.

Vá descansado, Sr. Dr.

O próprio criado meteu-me a mala e a chapeleira no *tilbury*. Mandei tocar para a Central, saltei, paguei. Um dos carregadores levou-me a mala para o local dos trens. Paguei, despedi-o. Chamei outro, mandei levar a mala para o Hotel Caboclo, onde tomei um cômodo. Aí esperei até à chegada do trem de S. Paulo. Pus os óculos pretos, desci com a mala tendo rasgado a chapeleira, meti-me num carro e mandei tocar para Santa Teresa, ponto da Rua do Riachuelo. De lá segui para o Internacional.

Quando cheguei no hotel, o criado recebeu-me, alegre.

— O Sr. Júlio Dória! Bons olhos!

— Chego de S. Paulo, José. O meu quarto?

— Às ordens.

Entrei, tomei um banho e dormi até pela manhã. Os jornais contavam o roubo, o desespero de Mme. Dumont. Mas, francamente, Mme. Dumont não tinha razão. Ela fora a terrível tentação. Se estivesse nas minhas condições, faria o mesmo. E quem não faria?

Nesse dia assisti a um espetáculo com a Etelvina no Variedades.

X.

Como acabou o amor de Etelvina

Mas eu sentia a necessidade de ausentar-me um pouco. Tentava-me Minas. Resolvi ir passar uns oito dias a Juiz de Fora. Parti. Devia ter um certo cuidado com esta cidade, que na minha vida marca sempre coisas desagradáveis. A desconfiança mineira é pavorosa. Quatro ou cinco dias depois de estar no hotel, o delegado, que já tinha jogado algumas partidas de bilhar comigo, mandou chamar-me.

— O Sr. está preso.
— Hein?
— Vai ser remetido para o Rio.
— O Sr. engana-se
— No Rio dirão quem se engana. Há dinheiros desaparecidos no hotel...

Não houve súplicas, não houve planos. Eu era estupidamente preso. É preciso acrescentar que na profissão o mais difícil é contar com os pequenos incidentes. Não há propriamente maior perigo na ação de um grande roubo. Há em se poder passar impune quando não se faz nada. Eu era preso exatamente por isso — por não pensar no ambiente, por despreocupar-me.

A sensação dessa cadeia foi-me desagradabilíssima, encheu-me de ódio contra a estupidez social. Remetido para o Rio, dei pela primeira vez entrada na Detenção — que era naquele tempo um indizível inferno de imundície e crime sórdido. Mandei chamar um advogado, o Dr. Sousa Lopes, para tratar de um *habeas corpus* e escrevi à Etelvina uma carta fantasista pedindo-lhe para mandar-me a comida. Realmente a comida veio no primeiro e no segundo dia. No terceiro, porém, falhou. Indaguei do carcereiro, do chaveiro, dei dinheiro para que fossem saber.

Tinha sido apenas isso: o agente Ricardo, um infame, via trazerem-me a comida. Indagara do chaveiro, acompanhara o copeiro até a Rua dos Inválidos, nº 52. Sabendo que morava aí Etelvina, subira, pedindo para falar-lhe, e perguntara:

— A senhora sabe quem é o seu amante?

— É um engenheiro rico.

— Engana-se. É um gatuno, Dr. Antônio!

Etelvina caíra desmaiada. E, depois do desmaio, deu ordem para não mandar mais comida a "esse pobre homem"...

Passei um mês na Detenção, o suficiente para conhecer o mundo do crime. É na Detenção que floresce o crime urbano. Metade daquela gente, se tivesse outro meio, talvez não passasse da primeira falta. Mas, fechados, na inação forçada, os que vão lá encontram reincidentes de toda natureza, e, naturalmente, são sugestionados. Dei de cara com os mais sórdidos ladrões — que se atreveram a me propor roubos e assaltos juntos para quando saíssemos. Fiz aí conhecimento com alguns patifes, entre os quais Miguel Vellez, o inventor dos fogões econômicos e da gasolina da Estrada de Ferro.

Quando saí, o meu primeiro ímpeto foi correr à casa de Etelvina. Mas como me receberia ela? Uma imensa vergonha, uma timidez especial impossibilitou-me de dar um passo. Não. O melhor era desaparecer. Era não a ver mais! E nunca mais a vi, nunca mais... Foi como a minha família...

Saí da prisão humilhado. Meti-me no Hotel Macedo, na Rua do Areal, um hotel frequentado por gente do interior, por senadores forretas, por velhas múmias. Trabalhava pouco, receoso. Ao cabo de um mês, como no hotel vários hóspedes se queixassem, um belo dia fui preso por suspeito.

— Por quê?

— Vai entender-se na delegacia.

No dia seguinte, os jornais davam com grandes mentiras a minha prisão e o meu nome por extenso. Fiquei, pois, muito admirado quando me senti procurado por um cavalheiro que não era o meu advogado. Era um cavalheiro alto e bem parecido.

— Como se chama o senhor?

— Arthur Antunes Maciel.

— Mas há um Arthur Antunes Maciel que eu conheço e não é o senhor.

— É meu tio.

— É filho, então?

— Do Francisco.

O homem, que disse chamar-se Lorival, conversou muito da minha família. Depois disse:

— É uma pena. Não pode ser.

— Lembro que não tenho crime.

— Não pode ser é o nome de tal família assim maculado. Vou falar ao delegado, a ver se damos uma volta nisso.

Realmente. Eu tinha feito desaparecer, entre outras carteiras, a do Dr. José Mariano, com cerca de um conto de réis. Mas não havia provas. Nesse mesmo dia, o delegado, Dr. Monteiro Manso, mandou chamar-me.

— Então, confessa.

— Doutor, não fiz nada.

— Bom, não minta...

— Não minto.

— Um amigo meu esteve cá hoje.

O Dr. Lorival?

— Exatamente.

— Soube que conhecia a minha família.

— E por causa dela vamos salvá-lo.

— Doutor!

— Não tem que agradecer. O senhor é jovem, pode regenerar-se. Tentemos. Vou mandar soltá-lo. Apenas o senhor sai daqui e desaparece. Não o quero mais ver de modo nenhum. Se o tornamos a pôr a vista em cima, suspeito ou não, o senhor é preso e enviado para a polícia.

E, exaltando-se:

— Então, não se envergonha? Então, não tem pejo? Um homem bem-nascido, de uma família respeitável, na senda do crime, com o seu nome glosado pelas folhas! Como imagina que acabará? Galé! Galé! Sempre na Correção, num cubículo sombrio! Tenha vergonha!

— Doutor, eu juro!

— Não jure nada! Tenha brio, respeite um nome honrado!

Caí de joelhos, com as lágrimas na voz.

— Juro!

— Pode ir.

— Obrigado, doutor, obrigado!

— É livre, pode sair! Mas lembre-se de que se o pilho outra vez não terá misericórdia!

E afastou-se, colérico.

XI.

A bordo do *Rio Pardo*

Após este lance, que considero patético, e que foi o primeiro grande drama do Dias Braga na minha vida, saí para a rua desanuviado. Mas era preciso desaparecer, fugir, espairecer. Tinha sobre mim a espada de Dâmocles transformada em delegado, e, francamente, não há nada pior que a espada desse cavalheiro antigo transformada em delegado. Um delegado vale mesmo por duas espadas.

Para onde ir? Para S. Paulo? Para o Norte! Vinha-me uma preguiça... E o Rio tinha seduções, mulheres bonitas, teatros, ceias... Resolvi procurar um hotel modesto, burguesote e recolhido, apesar de ser numa rua central: o Hotel Cintra, na Rua do Ouvidor. Tomei ali um quarto com pensão, e passava os dias tranquilo, dormindo até tarde, almoçando copiosamente. Os dinheiros do Macedo davam-me assaz.

Estava assim, sem pensar em roubo, pensando apenas num meio de sair do Rio. Já disse que a fatalidade sempre agiu na minha vida. Sou uma vítima. Nunca fiz um plano, nunca arquitetei um roubo. O dinheiro mostra-se, diz-me:

— Cá estou eu!

Irresistivelmente vou pegá-lo.

É uma questão de destino. Uma vez disse a um delegado:
— Sou um bom.

— Você bom?

— Claro; eu aviso aos pobres-diabos que não devem dormir com a porta do quarto aberta!

E realmente. Há gente extraordinariamente despreocupada, que tem a mania de dormir com a porta do quarto aberta. É uma terrível imprudência. Valores guardam-se. Dinheiro conta-se com a porta fechada.

Quem dorme, dorme precavido. Eu nunca durmo com a porta do quarto aberta.

Ora, precisamente havia no hotel um tal Sr. Antônio Morais, um mineiro de gostos simples. Uma vez, eram duas horas da tarde, ao passar pelo seu quarto, vi-o sentado na cama, a contar dinheiro. Era muito, vários maços de notas graúdas.

Ao jantar, fiz-me conversado. O Sr. Morais era boiadeiro, isto é, vendia bois no interior de Minas e ia a um negócio de instalação de fazendas de criação no Paraná. Estava de passagem.

— Eu também vou para o Sul.

— Para o Paraná?

— Não senhor, para o Rio Grande. Eu estou à espera do vapor.

Agradou-me o bom homem. O dinheiro torna simpático qualquer sujeito. Continuei a não ter plano nenhum para roubá-lo. Estava numa situação em que, se o homem fosse roubado, eu é que seria preso. Comecei até a velar por ele, a aconselhá-lo que fechasse a porta. Era meu interesse, mas o mineiro desconfiado acabava tendo confiança em mim.

— Iremos juntos!

— Vai ser uma agradável viagem.

Afinal, eu, que lia os jornais sempre, dizia-lhe ao almoço:

— Sabe de uma coisa?

— De quê?

— Parto amanhã.

— Em que vapor?

— No *Rio Pardo*. Vou comprar a passagem.

Nesta minha frase, estava talvez o desejo de ver-me livre do mineiro. Ele, entretanto, disse-me:

— Eu também. Vou comprar a passagem.

Fomos juntos. Ele comprou o bilhete 18, eu o 14. Ficamos fronteiros. A bordo eu não pensava de modo nenhum em agir. Nunca me passou pela imaginação semelhante coisa. Sou prudente. Nada de complicações. Fizemos pois uma linda viagem até Santos. Depois, não sabia propriamente quanto ele teria na valise.

Chegamos a Santos pela manhã. O mineiro tinha enjoado.

Devo lembrar que Santos não tinha ainda cais nesse tempo. Botes, barcaças em torno do *Rio Pardo*, pediam freguesia.

— Olá freguês! Um bote!

Era uma azáfama.

Descera ao meu beliche para vestir-me e olhava pelo óculo o movimento.

— Quer um bote? Um bote, freguês?

Apressei nervoso a *toilette* para ir convidar Morais a almoçar em terra, uns camarões, como só há em Santos. Assim, depois de preparado, abri a porta do meu beliche e vi a porta do beliche dele meio aberta. Talvez tivesse descido. Entrei. Não havia ninguém. Apenas, na cama, a valise que eu vira aberta noutra cama, no Hotel Cintra, do Rio. Peguei-a. Estava assaz pesada. Minha Nossa Senhora! Que tentação!... Mas o receio de complicações era muito forte. Larguei a valise e subi ao tombadilho. Numa cadeira de vime, espapaçado, Morais abanava-se com uma ventarola, vendo o movimento. Encaminhava-me para ele, quando o demônio que tenho ao lado da alma segredou-me:

— Vais fazer uma tolice...

Parei. O demônio continuou:

— É tão fácil com a tua inteligência...

Senti que tremia, mas que recuava, descia as escadas do tombadilho, enveredava pelo corredor dos beliches. Ah! Chegando, olhei pelo óculo a ver os botes. Chamei um.

— Pronto, patrão!

— Na escada, já.

— É um momento.

Pus o chapéu, tomei da bengala, saí com a minha valise, entrei no beliche do boiadeiro, tomei da valise dele, deixei a minha e saí naturalmente. Um dos criados da mesa encontrou-me:

— O Sr. doutor desce?

— A que horas parte o vapor?

— Tem muito tempo.

— Então vou espairecer.

Subi rápido na confusão de bordo, desci a escada, saltei no bote. Parecia impossível, não tinha nem pinga de sangue. Se o velho desse o alarme! Quando saltei no cais, estava aflito por arranjar condução para um hotel bem modesto. Parecia-me, a cada passo, ouvir uma voz gritar:

— Está preso!

Mas cheguei ao Hotel do Comércio sem novidade. Aí sentei-me. Não tinha pernas, não tinha fome.

— Olhe, disse para o patrão, perdi a chave desta mala. É capaz de me arranjar alguma que sirva?

O homem saiu, veio com um maço de chaves. Estava com tanta sorte que a terceira serviu. Então, fechei-me no quarto e abri a valise.

E contei o dinheiro.

E tornei a contar.

Havia 15 contos e 300 mil réis.

Como seria triste se chegasse a polícia, se tivesse de ser preso sem gozar tão rico cobre. Esperei até de noite numa tensão nervosa extraordinária. Afinal, quando escureceu, chamei o dono do hotel ao quarto.

— Você sabe com quem está falando?, disse-lhe à queima-roupa.

— Não senhor.

— Está falando com um criminoso.

— Hein?

— Não se assuste. O meu crime nada tem de feio.

O homem ficou olhando.

— É simples — continuei eu —, deflorei no Rio há quatro dias uma rapariguinha de cor parda, que deu denúncia de mim. Na minha posição, é impossível casar com ela. Fugi, a polícia persegue-me. Diga-me, peço-lhe, posso contar com você para não ser preso?

— Por que fez mal à moça?

— Isso lá se pergunta? Um momento de desvario! Mas com o casamento estrago a minha vida e ela também.

O homem ficou calado. Falei meia hora. Ao cabo desse tempo, disse-me:

— Vou mudá-lo para um quarto dos fundos. Amanhã cedo há um trem para S. Paulo.

— Obrigado!

— Fique descansado que aqui a polícia não o prenderá.

Mudou-me, sem me dizer mais palavra. Eu não dormi à noite. Pela madrugada, ele próprio veio bater no meu quarto.

— Ninguém veio. A polícia daqui não sabe de nada. Pode sair.

— Quanto lhe devo?

— Doze mil réis.

Dei-lhe os doze mil réis e uma cédula de 500 mil réis.

— Para que isso?

— Peço-lhe que aceite.

— Não fiz por dinheiro.

— Não é pagamento. É para comprar brinquedos para seus filhos.

Uma hora depois estava no trem para S. Paulo.

Com certeza o velho Morais só deu por falta do dinheiro em alto-mar. Talvez pensasse num engano. Talvez desse o desespero. Nunca mais soube dele. E até agora parece mentira como realizei aquela sorte, sem nenhum plano preconcebido.

Mas foi bom. Passei um mês em S. Paulo e cheguei ao Rio cheio de dinheiro.

XII.

A minha estadia em Petrópolis

Tenho saudades de Petrópolis. Só estive lá uma vez, no verão de 1891. Mas foi bem uma temporada cheia de imprevisto, de ironia, de graça e de ousadia. Vivi um mês de romance, penetrante, fantástico.

— É todo um conto. Hospedei-me no Bedford, melancólico, entre as árvores, e inaugurei uma vida de convalescente suave. Brincava com as crianças, tratava com as senhoras de coisas de modas, lia o jornal para uma velha ouvir. Era delicioso. Queriam-me bem! Nos jogos de prendas, era preciso estar o Dr. Barcelos. O Dr. Barcelos pertencia a todos os passatempos, e o Bedford era uma vasta família. Eu me comportava como um anjo. De repente apareceu um alemão com uma maleta. Era um alemão implicante. Antipatizei com ele. E, aos poucos, infiltrei a minha antipatia nos outros hóspedes. O homem não fazia por apagá-la. Antes pelo contrário. A raros, dava, como favor, um ríspido:

— *Pom dia*!

A mim, nunca me falou. Uma certa tarde, olhando-o bem, arquitetei uma simples vingança. Vi-o afastar-se, meti-me pelo corredor, vi um quarto aberto, entrei, tirei tudo quanto de valor havia e fui para o meu quarto vestir-me. Duas horas depois rebentava a notícia sensacional do caso. Um hóspede, o Dr. Hortênsio, tinha sido roubado no relógio, um anel e em cinco notas de quinhentos (eram apenas duas). Os hóspedes estavam aterrados, todos levavam consolações ao Dr. Hortênsio. Eu fiquei assombrado. O Dr. Hortênsio parecia uma bicha. Ninguém duvidou que algum larápio tivesse saltado a janela, que por imprudência deixara aberta.

— Vou à polícia.

— Procura o homem da capa preta.

— Que país!

Durante três dias não se falou senão no roubo do Dr. Hortênsio, que abalou para a cidade. Mas, na tarde em que ele desceu, soubemos com grande espanto que Mme. Pereira, a linda Mme. Pereira, não encontrara no guarda-casacas a malinha das joias! Era um gatuno rondando o hotel, porque o pessoal tinha toda a confiança. Diante de Mme. Pereira em lágrimas, eu fui enérgico. Era preciso prevenir a polícia. O gerente foi incumbido disso, veio o delegado, que interrogou Mme. Pereira como se ela fosse gatuna; a polícia do Estado do Rio movimentou-se e quatro praças foram postas nas imediações. Um dos mais exaltados era eu, que possuía um lindo alfinete de brilhantes. Pois, com grande pasmo meu, deixando-o no lavatório, não o encontrei mais! Corri ao gerente e, à vista de dois criados, desabafei:

— Precisamos ver isto. Acabo de ser roubado no meu alfinete.

— Pelo amor de Deus, Dr. Barcelos!

— É o que lhe digo. Uma situação intolerável. Ou V. toma providências ou fica sem hóspedes! Para não alarmar as senhoras não digo nada. Mas vou à polícia.

E fui. Quando voltei, porém, todo o hotel sabia. Quis negar. Os dois criados tinham contado. Nesta mesma noite, o comendador Gomes, que dormia com a senhora e jogava muito na barca, tendo ganho nesse dia dois contos, acordou sem eles e mais o solitário que trazia no dedo.

— É um gatuno!

— São vários gatunos, que conhecem a casa...

— Aqui anda coisa — dizia eu, olhando distraidamente o alemão.

Várias senhoras acompanharam o meu olhar. O alemão continuava superior. Vi, desde o dia seguinte, que as damas todas o olhavam com receio e que dois criados o vigiavam disfarçadamente. Mas o espanto foi quando, dois dias depois, três hóspedes se sentiram roubados na mesma noite! O último era no quarto pegado ao meu. Fora de mim — as senhoras nunca me tinham visto assim —, exigi a ação da polícia no próprio hotel.

— Há aqui gente que faz isto.

— Por quem é, Doutor!

— Mas minha senhora, não podemos negar.

— Quer que a polícia nos reviste?

— A todos nós!

— O alemão não se sujeitaria — insinuou Mme. Pereira.

— É verdade, o alemão!

— O alemão!

— Parte agora para o Rio.

— Hein!

— Sim senhor...

No olhar de cada um não havia dúvidas: o gatuno era o alemão. O que dera por último pelo roubo, o Sr. Antero Gomes, precipitou-se:

— Vou à polícia!

— E eu o acompanho!

Seguimos à procura do pobre delegado. Foi uma dificuldade achá-lo. Só depois do almoço viria à polícia. Recebeu-nos e ficou apavorado. Quando soube das nossas acusações, tremeu:

— Há provas?

— Quer mais?

— Tenho a lista de todas as pessoas do hotel. É um alemão comerciante, respeitável.

— Um intrujão!

— Mas que querem os Srs. que eu faça?

— Só há um meio para ver se é ele mesmo.

— Qual?

— Prendê-lo na estação e revistar-lhe a mala.

O plano custou a entrar na cabeça do delegado. Mas, forçado pela evidência, ele foi para a estação com dois policiais e esperou o trem. Do hotel estávamos quase todos. Afinal, chegou o alemão com a sua valise. O delegado, trêmulo, aproximou-se:

— Dá-me licença.

— Que quer?

— Sou delegado de polícia.

— *Pom*. E depois?

— Peço-lhe que me abra a sua mala e se deixe revistar.

— Hein? — berrou o alemão vermelho como um lacre.

— O Sr. sabe o que tem acontecido no hotel. Não estorve a ação da autoridade!

— *Senhorr* está maluca.

— Soldado, reviste esse homem!

O alemão caiu em si.

— *Pom*; não *querr berder* trem. Tem aqui a chave da mala e cartão de minha casa. Reviste e depois eu faz queixa cônsul.

O soldado abriu a valise. Tínhamo-nos enganado. Não continha valores! Mas na estação, cheia, o escândalo era enorme. O alemão berrou o nome da sua casa ainda uma vez. O delegado, trêmulo, pedia desculpas...

Mas todos os hóspedes ficaram convencidos de que fora ele. Nunca mais se deu roubo no hotel. Eu desci doze dias depois. No fundo falso da minha maleta de mão havia para mais de dez contos em dinheiro e joias...

XIII.

Uma nova paixão

Chamava-se Lúcia. Que extraordinária mulher! Fora amante do Imperador. Trazia uma medalha com o retrato do monarca entre os seios suaves. Ia ao Lírico decotada, com brilhantes magníficos e *toilettes* dignas da mais viva admiração. Para sustentá-la, quatro ou cinco cavalheiros se tinham constituído membros de uma companhia oculta. Um fazendeiro de São Paulo dava-lhe um conto de réis por mês, um conselheiro de estado, 500 mil réis. Ela tinha muita renda e um ar de fastio que lhe ia tão bem.

Ao fim do quinto dia mandei-lhe o meu cartão com um solitário comprado no Luís de Resende. Ela recebeu sem mais nada. Nessa noite encontrei-a num teatro e fui apresentar-lhe os meus cumprimentos.

Estava de costas a Lúcia, com um vestido de veludo negro. Não se voltou. Apenas assomei à porta, fazendo por ter coragem, a sua voz soou, sem que ela mostrasse por um gesto que me tinha visto.

— Que vem fazer aqui?

— Cumprimentá-la — fiz eu, após um momento de hesitação.

— É inconveniente.

— Certo não me conhece. Eu sou...

— O do cartão de hoje de manhã. Sei bem. Mas compromete-me aqui e creio que não tem desejo disso.

— Não.

— Então saia.
— E onde poderei vê-la?
— Amanhã, em minha casa, depois do meio-dia.

Retirei-me, mandando pela manhã o meu criado à casa dela levar um grande ramo de rosas.

De fato estava gostando de Lúcia e meu desejo era que a ex-amante de S. Majestade olhasse para mim com certa simpatia. Ela foi de resto encantadora na visita que lhe fiz pela volta do dia. Estava com um vestido de rendas brancas e um capitoso perfume. Ofereceu-me licor, café, charutos, tocou, cantou. Eu fingia querer sair.

— Não a incomodo?
— Mas de modo algum.

Quando queria estender-me, Lúcia falava do Imperador, do Sr. Nogueira da Gama, da Quinta da Boa Vista, de coisas violentamente importantes. Às quatro horas, não resisti.

— Mas eu amo-te.
— Senhor!
— Qual Senhor! Quero-te! Desejo-te!

Com uma arte que não tinha Etelvina, Lúcia sabia tentar e ceder no bom momento. Fiquei inteiramente preso. Mas preso, dominado. Ela marcava-me hora como aos outros da companhia, isto é, os outros sócios que se ignoravam e desconheciam. Tínhamos a sensação de que enganávamos, quando apenas pagávamos a hora fixa, eu como o defunto imperador, como os conselheiros, como o fazendeiro de S. Paulo.

Uma noite, estava eu muito bem em menores com a divina criatura, quando batem à porta. Era o fazendeiro que vinha de S. Paulo. E, quando ele vinha, ela era só dele.

— Que se há de fazer?
— Vais estragar a minha vida!

— Mas, minha filha, não tenho este desejo.
— Como então salvar-nos?
— Farei o que quiseres.
— És capaz de te vestir no telhado?
— Sou.

Era um sobrado da Rua dos Arcos. Havia uma janela do dormitório dando para os telhados. Saltei. Ela deu-me toda a roupa e eu fiquei sobre as telhas com os gatos enquanto a janela se fechava.

Fiquei...

Fiquei até quatro horas da manhã olhando as estrelas com uma raiva doida do fazendeiro e gostando cada vez mais da ex-amante do defunto Imperador. É tão misterioso o coração humano! Quem poderá compreendê-lo? Eu gostava cada vez mais daquela mulher, precisamente porque fazia de *gigolo* pagando como um milionário e, no telhado, ria a bom rir do fazendeiro.

Devia, ao contrário, ter-lhe raiva... Coisas da vida!

Lúcia, porém, às quatro horas da manhã chamou-me, e eu, em pontas de pé, saí da sua residência sem que o senhor do café desconfiasse da minha presença.

Nestes exercícios amorosos e apesar de ter muito dinheiro do acumulado em Petrópolis, no paquete *Rio Pardo* etc., continuava a "fazer" os hotéis. Interessante! Dentro de mim o Arthur era o amoroso e bom e o "Dr. Antônio", o satânico e o mau.

Quando o Dr. Antônio queria — o meu corpo não resistia.

Nesse período tentei até o "carteirismo" de *bond*, por diletantismo. E deram-se dois casos que guardo na memória. Um com uma senhora modesta. Outro com um homem de sobrecasaca.

Com a senhora modesta, ela ia num banco na minha frente. Senti-lhe no bolso da saia a carteira e fui fazendo-a cair. Tirei-a sem dificuldade. Mas, em lugar de saltar, deu-me vontade de ver ali mesmo o que continha. Abri-a. O *bond* estava cheio, era um dia de chuva e eu trabalhava com o sobretudo e o guarda-chuva. A carteira continha uma cédula de 2$000 e uma imagem de Nossa Senhora da Penha. Então abri a minha, tirei uma nota de 50$000, meti-a dentro da pobre carteira e toquei de leve na dama.

— V. Exª parece que perdeu a sua carteira.

Ela voltou-se, nervosíssima.

— É esta?

— Sim, senhor. Obrigada. Obrigadíssima.

Entreguei-lha, então. Ela esteve uns minutos em que a delicadeza parecia querer obstar-lhe ver se ainda tinha os seus dois mil réis. Depois abriu-a, teve um ah! Ficou vermelha como um lacre, murmurou:

— Muito obrigada. Deus pagará a sua bondade...

E eu senti-me tão comovido que saltei do *bond*. Era decerto uma mãe de família necessitada e eu tentara roubá-la... Como me doía a consciência se fizesse isso — eu, que nunca roubei senão os que têm demais!

Com o homem de sobrecasaca ainda foi mais interessante.

XIV.

O homem da sobrecasaca preta

Esse caso do homem da sobrecasaca preta é um dos mais interessantes da minha vida. Há certamente uma grande diferença entre mim e um gatuno vulgar. Há também uma certa diferença entre um rato de hotel e um carteirista ou gatuno de qualquer outro gênero. Qualquer pessoa de inteligência regular compreende o que há de superior, de infinitamente superior entre um ladrão de hotel, hospedado no Estrangeiros, no Vitória, no Internacional, com carro à porta, criado particular, e um reles batedor de carteira, que avança sobre as algibeiras dos outros nos *bonds* pelas ruas, nos ajuntamentos.

Entretanto eu, neste período da minha vida, dominado pelo espírito diabólico a que chamo de Dr. Antônio, descia do carro e entrava nos ajuntamentos para "fazer" relógios. Extravagância, vício.

Há grandes *cocottes* que, muitas vezes, vão pela gente baixa, e imperadores que, disfarçados, metem-se em "farras".

O caso é que, nos grupos, eu desenvolvia principalmente a faculdade de ver, o sentido da visão.

O "carteirismo" é um *sport* como todas as coisas na vida. É um *sport* de tensão dos sentidos. Havia momentos em que eu via por todos os lados, via absolutamente todos que me cercavam.

Ora, foi num grupo no Largo de S. Francisco que eu vi o homem da sobrecasaca preta. Aquele sujeito solene, pálido, por trás de uma senhora de preto, chamou-me logo a atenção. Ele devia ter grandes necessidades, e talvez fome. Tão pálido. Os seus olhos rolavam nas órbitas, aterrados, os seus beiços tremiam.

Fui para perto dele disfarçadamente e comecei a observar-lhe o jogo. O homem da sobrecasaca preta — oh! deuses! — era apenas um gatuno, ou antes, para não exagerarmos, era um homem que "fazia" a carteira da pobre mulher à espera do *bond*, ao lado da filha.

A operação era relativamente fácil porque, minutos depois, o homem ficou tranquilo e caminhou em direção à igreja da Lampadosa. Segui-o. Ia de chapéu alto, vestido com uma elegância superfina. E a minha fisionomia incutia respeito. Quando sentiu ser acompanhado, o homem parou.

Avancei e resolutamente disse-lhe:

— Deixe ver a carteira que acaba de roubar!

O pobre, já de si pálido, ficou lívido, encostou-se à parede, balbuciou:

— Hein? O Sr. engana-se...

— Engano-me? Eu vi. Está preso. Vamos à polícia. Siga!

— Pelo amor de Deus!

— Siga!

— Pelo amor de Deus, não perca um desgraçado.

— Um gatuno!

Ele, à palavra, recobrou ânimo.

— Não diga isso, senhor, não diga.

— Deixe ver a carteira.

— É melhor. Tome. Ainda não vi o que continha. Foi uma tentação. Nunca roubei. Nunca! Apenas tenho filhos menores, tenho mulher e há seis meses procuro trabalho sem encontrar. Perambulo por essas ruas, com fome, à procura de alguma coisa, em vão. Já me lembrei de pedir esmola, desde que os amigos já me não conhecem e negam os poucos dinheiros que lhes pedia. Foi desesperado que me deu a tentação de roubar. Vi aquela mulher.

Pareceu-me fácil. Então, louco, tirei-lhe a carteira e corria já a ver que podia comer e levar um pouco de pão para minha família...

Estendia-me a carteira. Tomei-a. Ele rompeu em soluços, soluços desesperados, convulsivos.

— Mas que é isso? Acalme-se.

— Sou um desgraçado!

— Sossegue!

— Faça de mim o que quiser!

— Mas não lhe faço nada.

— Leve-me! É melhor a prisão. Pelo menos come-se.

Com o coração ferido era eu agora que me humilhava.

— Sossegue! Sossegue! Não fiz por mal. Você ainda pode arranjar a sua vida.

— Se soubesse o meu nome, se soubesse a que família eu pertenço.

— Acredito bem.

— Que vai ser de mim!

— Olhe, vamos ver o que tem a carteira.

E, enquanto ele soluçava, abri-a. Tinha 17$800 e um bilhete de loteria. Apenas. E um homem honesto, pai de família, com os filhos a morrer de fome, um grande desgraçado iria para a cadeia, teria a Correção por essa soma ridícula — se eu chamasse um simples guarda! A sociedade... Ela está amplamente errada. E, enquanto for assim, os Drs. Antônio tirarão a sua vingança. Não os Drs. Antônio como eu, coitado! Apenas um elegante aliviador de quem tem muito. Mas os grandes "goelas" de muitas centenas de contos, que esses não escrevem memórias na Detenção, mas andam de automóvel e viajam à Europa...

Fiquei com tanta pena do pobre homem que, guardando a carteira para entregar à senhora roubada, puxei da minha, tirei uma cédula de 100$000.

— Tome.

Ele abriu muito os olhos.

— Tome, digo-lhe.

— Para mim?

— Sim. Vejo que é um homem sério.

— Obrigado.

— Compreendo o seu momento de desvario. Vá dar de comer aos seus filhos. E lembre-se sempre que não deve fazer o que fez hoje.

O homem da sobrecasaca preta agarrou-me as mãos e beijou-as sofregamente. Eu resistia. Depois, abalado com a cena sentimental, deixei-o nas grades da igreja e estuguei o passo a ver se encontrava a dama roubada. Quando cheguei ao largo vi porém a senhora, de que guardava as feições, num *bond* de S. Januário, que dobrava a esquina da Rua dos Andradas.

A minha crise de honestidade não me levou a dar uma corrida. Acendi um charuto e tomei um carro que me levou aos braços de Lúcia. Ela tinha uma *toilette* divina e esperava-me para jantar.

— Imagina tu — disse lhe — o que me aconteceu hoje.

— Que foi?

— Encontrei uma carteira.

— Com muito dinheiro?

— Com 17$800 e um bilhete de loteria! — fiz eu a rir.

— Não é pouco.

— Achas?

— Tem o bilhete.

— Ora, o bilhete!

— Qual é o prêmio?

Abri, consultei:

— 20 contos e corre amanhã.

— 20 contos já é.

— Pois se me sair o prêmio...

— Tenho metade?

— Feito!

Ela soltou uma gargalhada, beijou-me na boca. Passamos uma noite esplêndida.

No dia seguinte, à tarde, passando por um *bookmaker*, vi a lista da loteria na porta. Deu-me um palpite. Olhei o número premiado.

— 5235.

Tirei o bilhete, verifiquei.

— 5235.

Eu tirara das mãos de um pobre homem 20 contos de réis. A sorte, obscura, guiava-me.

E saí como um louco pelas ruas a ver se encontrava o homem da sobrecasaca preta, o coitado, o infeliz pelas mãos do qual passara sorrindo ironicamente a sorte.

XV.

O prêmio de 20 contos

É claro que não encontrei o pobre homem da sobrecasaca preta. Nunca mais o vi. Por mais que o procurasse foi impossível encontrá-lo. Depois, mesmo que o encontrasse, tinha eu o direito de lhe dar algum dinheiro dos 20 contos? Dos 20 contos, sim, porque não disse a Lúcia que obtivera a sorte grande.

Em compensação, encontrei a senhora a que o homem da sobrecasaca preta roubara a carteira. Era uma senhora gorda, baixa, casada, com cinco filhos, cujo marido era vagamente guarda-livros de pequenas casas comerciais, isto é, fazia a escrita de algumas tavernas e padarias. A senhora chamava-se D. Maria Guimarães e trabalhava com a filha mais velha, Inês, em costuras para fora, e moravam todos numa casa humilde, em São Januário, logo depois da Cancela.

No primeiro dia que encontrei as duas, tive um choque; e olhei-as tanto que elas repararam. Tomei o mesmo *bond*, o mesmo banco e, quando o condutor veio receber, pedi licença para pagar.

— V. Exª há de desculpar, mas peço-lhe perdão. Tenho o prazer de conhecê-las.

— Como assim? — fez a senhora gorda.

— Sim, conheço-as, não as conhecendo. Não foi V. Exª, há dias, roubada na sua carteira?

— É verdade, mamãe.

— Como sabe o senhor? Não dei queixa à polícia.

— Vi roubar.

— Oh!

— Foi no Largo de S. Francisco. O gatuno tirou-lhe a carteira e esgueirou-se. Segui-o. Mas ele deitou a correr e quando voltei ao largo não as encontrei mais. Desde esse momento, fiquei desejoso de lhes falar; permita que lhes ofereça o meu cartão.

E tirando do bolso a carteira, dei-lhes um dos meus cartões.

Dr. Júlio Guedes

Médico operador

A conversa logo tomou um ar amável e insensivelmente eu olhava a pequena Inês, realmente bonita... Elas ofereceram-me a casa; eu disse que estava no Vitória, que não tinha família...

No dia seguinte mandei-lhes, cedo, uma grande cesta de frutas e doces, pedindo desculpas da minha ousadia. Essas famílias pobres! Como é fácil entrar-lhes em casa, fazer-lhes mal! Oito dias depois já visitava a família Guimarães e notava o enleio constante da doce Inês, posta em desassossego pelo meu luxo.

Devo dizer que, secretamente, era meu desejo apenas fazê-las partilhar dos 20 contos. Assim, vesti a Inês, dei sapatos às crianças, e, à primeira dentada de D. Maria, estabeleci-lhes uma pensão de 200$ por mês. Ia lá quase todo o dia.

A vida de família encantava-me.

Entretanto, continuava com o meu trem de vida e tendo Lúcia por amante. O prêmio de 20 contos teve um bom destino — porque ia me dando o prazer da família. Mas a vida do Dr. Antônio continuava também satânica e infernal — "fazendo" nos hotéis um trabalho constante e eficaz.

Lúcia continuava com os seus homens e comigo, e, graças a Deus, era de um *chique* à prova de bomba.

Quem a visse conversar comigo, diria que a grande *cocotte*, ex-amante do Imperador, tinha por mim uma paixão terrível, que a sacrificava nos seus interesses.

Eu era o seu *gigolo*. Apenas um *gigolo* que gastava barbaramente. E como ela pedia, com que desprendimento! Não sei o que é pior — se uma grande *cocotte*, se um grande vigarista.

— Ah! meu negrinho, felizmente chegaste!

— Estavas com saudades de mim?

— Oh! Se estava! Como estes homens aborrecem-me! Só me sinto bem junto de ti.

— Palavra?

— Pensas que eu minto? Ainda há pouco chegou aqui o P... (*)

— O homem do café?

— Que queres! Prometeu-me um colar de brilhantes.

— Pede-lhe o adereço completo.

— Nada, que pode desconfiar. Tu é que bem podias comprar-me as bichas.

E eram carinhos, beijos, seduções. Ficava louco. Dias depois, quando lhe trazia o pedido, ela não dava a menor importância.

— Ah! trouxeste...

— São bonitas.

— É. São...

— Que diabo! Mostra ao menos interesse...

— Como queres que me preocupe com isso, quando estou apertada por dinheiro? Esses brincos vão para o "prego".

(*) Nota da Redação — Como se trata do nome de um milionário ainda vivo, cortamos o nome escrito pelo Dr. Antônio.

— Pede ao P...

— Partiu para S. Paulo.

— Pede ao conselheiro.

— Ora, tu, a lembrares os outros. Os homens são sempre assim... Não é que eu te peça. Não sei se tens, mas o que eu tenho feito por ti, sempre merecia um sacrifício...

E eu marchava...

De tudo isso veio-me um grande ódio, não por ela, pela Lúcia, que era deliciosa, mas pelos outros, pelos amantes, principalmente pelo homem do café.

Então, um plano sinistro passou-me pelo cérebro e o Dr. Antônio tomou o lugar do apaixonado. Comecei a perguntar coisas do homem, como por acaso, fazendo troça. E ela respondia. Assim, soube que ele chegava à tarde, quando estava no Rio, tirava a sobrecasaca, o colete, vestia uma quinzena de brim e ia jantar. Era o momento para um tiro.

Esperei um dia, em que ele estava, e às 7 horas da noite, passei pela casa e vi luz. Comprara umas duas bombas de duzentos réis, e não resisti. Entrei, fechei o registro do gás e, na casa, subitamente em trevas, subi rapidamente, com uma das bombas, soltei-a no patamar, enfiei pelo quarto, enquanto ouvi gritos, ordens, um desespero.

Tomei a sobrecasaca, tirei a carteira, o relógio, a corrente, saí para o corredor, soltei a outra bomba contra um vulto que corria e desci.

Era um escândalo. Os criados berravam. Lúcia precipitara-se para a janela gritando:

— Socorro! Socorro!

Os criados berravam. Trilavam apitos e o povo aglomerava-se à porta. Alguns cavalheiros já subiam, quando eu descia.

— Que há? Que há?

— Não sei. Ouvi gritos, ia subindo, mas houve um estouro com fogo, creio que tiro, e eu desço.

— Subamos!

— É morte.

— Assassinato! Roubo!

— Está escuro!

— Um crime na treva!

— Chamemos a polícia! — bradei, e saí apitando, desesperadamente.

Mas o povo era muito. Resolvi andar um pouco mais depressa e tomei um *bond* da Lapa.

Vingara-me esplendidamente. O homem do café fizera-me passar uma noite no telhado. Eu batera-lhe dois contos e tanto, fora o relógio e a corrente e dera-lhe um susto tremendo, chamuscando-o com uma bomba de brincadeira...

No dia seguinte fui ver Lúcia e encontrei-a de cama. Fiquei assombrado. E ela contou-me, a chorar, uma imensa tragédia.

— Eu tenho muitas inimigas. Inveja! Morrem de inveja. Mandaram uns bandidos fechar-me o gás e atirar bombas aqui dentro. Estava o P... Veio a polícia. De envergonhado, ele partiu hoje para S. Paulo. Sou uma desgraçada! Só tenho a ti!

— Sempre fiel e teu!

XVI.

Um grande lance

Estas memórias são uma confissão e não um romance. No momento em que gastava com Lúcia e ia quase todos os dias ver a família Guimarães, a S. Januário, eu era apenas oito cavalheiros, porque habitava ao mesmo tempo o Carson's, o Estrangeiros, o Vitória, a Pensão Muller, a Ville Moreau, o Vista Alegre, o Santa Teresa e o Giorelli. Tinha, além disso, um quarto, onde às vezes mudava de roupa, numa casa de cômodos da Rua do Lavradio. Numa cidade como o Rio, que sempre foi uma grande aldeia, essa quantidade de nomes com a mesma cara conservando-se solta, tinha do prodígio.

Eu, aliás, mantinha vários agentes de polícia, que me "mordiam" com um cinismo digno dos melhores cumprimentos. E como era preciso ser ousado, em geral o meu camarote era em frente à frisa da polícia, em todos os teatros.

— Que topete assistir ao espetáculo em frente à polícia!

— Mas que tem isso?

— Eles sabem quem tu és.

— Tanto melhor. Só me podem prender com provas ou em flagrante.

Devo dizer que essa minha ousadia escondia um certo medo de que me acontecesse alguma coisa de desagradável na presença de Lúcia ou da família Guimarães, a qual levei várias vezes ao teatro. Essa exibição era, de resto, o despenhadeiro, principalmente quando o acaso de novo me dava ensanchas.

Do Hotel dos Estrangeiros eu fingira uma viagem a Minas, para repousar alguns dias. Marcara a partida para a madrugada seguinte e estava resolvido a "fazer" algum hóspede por despedida, quando os meus olhos deram com o coronel Veríssimo Rego Barros. O coronel, pessoalmente, era um homem encantador, mas eu precisava de dinheiro e tinha nessa época um amigo que me explorava, excitando-me a fazer fortuna para seguir para a América do Norte. Esse amigo foi o primeiro da série dos meus exploradores. Chamava-se Miguel Vellez e conquistara a minha atenção quase à força. Era um ladrão fenomenal, inventor, o homem dos fogões econômicos e da gasolina da Estrada de Ferro, que aqui tirou patente de invenção e que arranjou isso com o meu rico cobre...

Mas não nos adiantemos com ódios inferiores.

O fato é que atentei no coronel Veríssimo Rego Barros e que resolvi fazer-lhe uma visita. Pela madrugada, pois, antes de partir, fui até ao seu quarto, empurrei a porta. O milionário chegara recheado de dinheiro e dormia simpaticamente. A porta não estava fechada. Apenas cerrada. Sempre a imprudência!

Resolvi, então, aliviar o terno que o coronel dependurara. Tirei-lhe o relógio, as joias, dois contos em dinheiro. E, num bolso, encontrei duzentas ações do Banco da República. Era alguma coisa. Guardei-as. Como o coronel continuava roncando e havia na mesa do seu salão papel e tinta, escrevi estas palavras:

"Imprudente! Fecha a porta agora".

Depois saí. A grande soma não podia fazer diferença a Veríssimo Rego Barros, simpático milionário que ocupava no Estrangeiros a frente do primeiro andar. Saí, pois, sem remorsos, tocando para a Central. Apenas, é claro, voltei à cidade e entrei noutro hotel.

Depois fui procurar Miguel Vellez, então com uma casa de negócio.

— Então? Que há?

— Parece que arranjei um caso em que é preciso prudência. E contei-lhe tudo.

— Onde estão as ações?

— Trouxe-as para que as guardasses.

— Encarrego-me de passá-las. Fica descansado.

Quando passei o pacote senti uma qualquer coisa. Mas eu estava preso ao Vellez e, positivamente, não conhecendo gente de mais confiança, não podia andar com uma prova tão comprometedora e flagrante. O caso ia fazer escândalo. E fez. No outro dia, os jornais contavam o grande roubo. Eu hospedara-me no Giorelli, isto é, retomara o meu quarto, de volta da viagem, e como não tinha por costume perder tempo, entrei a trabalhar nos quartos de tão aprazível vivenda de hóspedes. Ao cabo de três dias fazia desaparecer a valise de um francês, com 200 libras e o relógio. O dono do Giorelli chamou a polícia, fizeram um estudo dos hóspedes e eu, indo pela Rua do Sacramento para pôr no prego o relógio do francês, fui apanhado por um agente:

— Siga!

— Por quê?

— Vai dar explicações na polícia.

Segui. Não gosto de barulhos. Depois, não tinha a consciência muito limpa e era preciso agir com grande habilidade. Pedi ao agente licença para passar dois telegramas, um ao meu advogado, outro a Lúcia, dizendo ter partido para S. Paulo, a chamado urgente, na véspera; e, enquanto íamos indo deixei cair o relógio do francês num ralo. Ao chegar à polícia, soube que a prisão era por causa do roubo do Giorelli. Simples suspeita. Mas os jornais e os agentes e os delegados, vendo-me preso e sem provas do crime, ligaram o meu nome também ao caso do Estrangeiros. O delegado mandou chamar mc.

— Nega então o furto do Giorelli.

— Mas absolutamente.

— Bem. E conhece o coronel Veríssimo do Rego Barros?

— Perfeitamente. Falam tanto agora...

— Você é também acusado de o ter roubado, há oito dias, pela madrugada.

— É falso.

— Você estava no Estrangeiros.

— Não estava.

— Teima em negar?

— Não nego. Falo a verdade.

— Olhe que desta vez vai para a Detenção.

— É um crime. O meu advogado saberá defender-me.

Fiquei três dias nesse torniquete. Não disse uma palavra que me comprometesse. Os jornais contavam a coisa em notícias escandalosas. Estava evidentemente em maus lençóis. Acabaram por mandar-me para a Detenção. Era a segunda vez: era o horror. Mas contava sair e embarcar para os Estados Unidos, com o Miguel Vellez. E conservava uma linha de alta distinção, mandando vir a comida de um *restaurant* afamado e olhando os outros presos com um ar de detento político, que me ficava muito bem. Todos os dias vinham buscar-me. E repetia-se a cena.

— Confessa!

— Mas, confessa o quê?

— Onde estão as duzentas libras?

— Não sei.

— E as apólices do coronel Barros?

— Mas se não fui eu!

— Você perde!

— Mas perco por quê, quando já estou preso sem provas?

E, para fazer alguma coisa imaginava uma fuga, comprando um preso, o chaveiro e o guarda do carro. Era mais ou menos simples.

Na ocasião de fazerem a chamada de um preso qualquer, sem importância, eu entraria na lista, sob o seu nome, e seguiria no carro para ser solto. A questão era encontrar um preso. No meu horrendo cubículo havia um vagabundo alcoólico, o Nicolau, a quem comecei a tratar muito bem. Certo dia, perguntei:

— Quererias um conto de réis?

— Queria. Isso são coisas que se perguntem?

— Mas era preciso seres eu.

— Quê?

— Ou antes passar eu pelo Nicolau.

— Como assim?

— Depois falo...

Dois dias depois, a pedido do pobre-diabo, expliquei:

— Quando sais?

— Pedi *habeas corpus*. Deve ser despachado por estes dias.

— Pois, quando vier, vou eu em teu lugar.

— Os guardas sabem?

— Ficam por minha conta.

— E eu?

— Tu continuas aqui e sais depois de alguns dias, quando virem que houve engano...

— Qual!

— É de resto brincadeira. Não digo que aceites.

— Não me acontece nada?

— Ah! isso juro-te!

— E se te apanham?

— A culpa é toda minha. Nunca direi que te pedi nada.

— Vou pensar...

Ele ia aceitar, e eu imaginava, com certa ironia, o escândalo da minha fuga.

XVII.

Em pleno patético

Mas não tive tempo de pensar em tal fuga por muito tempo, porque as coisas tomaram um outro aspecto. Na tarde desse mesmo dia vieram chamar-me. Dois cavalheiros desejavam falar-me. Quando entrei na sala para onde fora conduzido por ordem do administrador, encontrei o coronel Veríssimo Rego Barros, acompanhado do Dr. Damasceno Vieira.

— Meu caro Maciel, disse o Dr. Damasceno, viemos cá com as melhores intenções. O coronel tem por V. a maior simpatia.

— Realmente, fez o coronel que sempre se portou em todo o negócio como um *gentleman.*

— Não há dúvida alguma que foi V. o ladrão do Hotel dos Estrangeiros, continuou o Dr. Damasceno no mesmo tom. Ora, o coronel não tem ilusões quanto à polícia, mas sabe que V. é um homem inteligente.

— Ah!

— E vem propor-lhe um negócio.

— Comigo?

— Mas claro.

— E qual é?

— O coronel...

— Espere, falo eu mesmo, Maciel, esqueço tudo, deixo de persegui-lo, se V. restituir-me o relógio, prenda que estimo.

V. restitui e eu indenizo-o. Quanto às apólices, ainda tive sorte porque poderia ser mais. Podemos entretanto entrar em negócio. Dou-lhe 15 contos por elas.

— Sr. coronel...

— Não julgue um embuste. Estou aqui com o Damasceno, mas se V. confessar o que todos aliás têm a certeza não me adianta nada. V. confessa, mas não diz onde param as apólices e eu perco o meu tempo.

— E se eu disser?

— Dou-lhe a minha palavra de honra que não contarei à polícia e cumprirei o meu contrato.

— Quinze contos?

— Imediatamente.

— Julgo-o um homem de bem. Não quererá enganar um que não é.

— Mesmo com cem anos de perdão — disse o Dr. Damasceno.

— Não admito nem suspeita! — exclamou o coronel.

— Pois vou dizer-lhe onde estão.

Era uma solução muito airosa e principalmente eu tinha um receio crescente da fidelidade do Miguel Vellez. Dei as indicações todas ao coronel para ir falar ao homem, pedindo que não entregasse o dinheiro, entretanto, ao Vellez. O coronel, ao sair, apertou-me a mão. E eu fiquei ansioso. Esperei assim dois dias. Ao cabo desse tempo apareceu-me de novo Veríssimo do Rego Barros.

— A sua informação não foi sincera.

— Como assim?

— O Sr. Miguel Vellez diz não ter nada seu e nem o conhecer.

— Meu Deus! Roubado!

— Roubado!

— Sim, estou roubado, miseravelmente roubado! Esse gatuno abusou da minha confiança. Coronel, é preciso ir lá. Peço chamar o meu advogado. O patife não negará a mim. Quero ir lá com a polícia...

Mas de repente desconfiei e acalmando-me:

— Peço-lhe mais vinte e quatro horas. Vou mandar chamar o malandro.

Realmente, mandei chamar o meu advogado para ir à casa de Vellez ameaçá-lo de cadeia caso não entregasse os papéis e os valores. O advogado foi. Mas Vellez não existia mais. Desaparecera, eclipsara-se. Estava embrulhado!

O coronel ainda voltou. Contei-lhe tudo, quase a chorar de raiva. Ele disse:

— Parto para a Bahia dentro de dois dias. Garanto que me desinteresso dessa questão.

E foi-se como um perfeito cavalheiro que era. Pensei em confessar tudo à polícia. Mas havia a pergunta duvidosa: prenderiam ou não o Vellez? E uma resposta certa: tu é que serás condenado. Era desagradável.

Entretanto, no meu louco desespero um raio de luz brilhou. Outra vez procuraram-me. Era um homem idoso, bem-posto, grave. Quando apareci e ficamos a sós, ele perguntou:

— Então é o senhor?

— Eu o quê?

— O Dr. Antunes Maciel.

— Que tem isso?

— Pobre rapaz! Venho da parte de seu pai...

— Ah!

— Ele desejava saber o seu paradeiro. Como o vim encontrar!

— Não lhe diga nada. É a sorte.

— Vamos a ver se sai daqui.

— E ele onde está?

— Não lhe posso dizer.

— E... os outros?

— Todos bem com a vontade de Deus...

— Obrigado por ter vindo. O seu nome?

— Não precisa saber. Sou um amigo anônimo. Veremos o que é possível fazer. Qual é o seu crime?

— Nenhum...

Ele sorriu tristemente. Eu então continuei:

— Acusam-me. Há suspeitas sobre 200 libras desaparecidas no Giorelli.

— Só suspeitas?

— E levantam-me a calúnia de um furto no Estrangeiros...

— Bem. Adeus. Não direi nada a seu pai...

O enternecimento do velho pouco me comoveu. Mas eu sentia que a família velava sobre mim. Ia escapar, como da primeira vez, devido a ela? O fato é que dois dias depois o meu advogado dava-me a grata nova de que eu seria solto sob fiança. Dei um pulo de contente. E quase grito quando o administrador mandou chamar-me. Segui o guarda, e quando entrei na sala o meu coração ficou sem pinga de sangue. Muito vermelha, com os olhos baixos, estava Inês Guimarães...

— Menina, você...

— Nós soubemos e eu quis vir vê-lo.

— Menina...

— Mamãe não quis entrar. Eu vim só. Sou-lhe tão grata, tanto, tanto...

E desatou a chorar a pobrezita, convulsivamente...

XVIII.

Duas mulheres

Parece incrível, mas saí da prisão sob fiança.

Estava apenas sendo também processado por suspeitas em S. Paulo e por isso a minha situação não era muito clara nem muito risonha.

Saí, porém, contente porque tinha uma afeição sincera: a da pobre Inês. E como é costume meu agir imediatamente após a saída das prisões, saí da Detenção para o Hotel de França.

Não deixa de ser interessante um homem deixar a Detenção de chapéu alto e *frack*, tomar um carro com as suas malas e entrar por um grande hotel.

Chegam os criados pressurosos, chegam os gerentes.

— V. Exª deseja?

— Um aposento bom.

— Em que andar?

— No primeiro, o melhor que tiver.

Redobram os cumprimentos, as atenções. Depois de escolhido o quarto vem o pedido.

— V. Exª poderia dar-me o seu cartão?

— Tome.

O gerente lê, fica mais servil... É uma delícia.

Eu então empolgo a confiança respeitosa. Digo sempre:

— Estou aqui de passagem, para divertir-me. Não quero

incômodos. Pague-se de uma semana adiantado e fique com 100$ para os extraordinários. Depois vejo a diferença.

Quando o criado de quarto dá-me o serviço da arrumação das malas por terminado, meto-lhe na mão uma nota.

— Oh! Obrigado a V. Ex.ª

— Sirva-me bem.

Em alguns vou além. Dou ao proprietário para guardar fortes somas, de modo que o respeito se torna fulminante.

No Hotel de França entrei assim, com esse desprendimento elegante — que é aliás o meu natural —, porque eu, Arthur Maciel, não nasci senão para o fausto calmo e só tenho entrado na cadeia devido ao "Dr. Antônio".

Mas, depois de instalar-me, corri a indagar do fim de Miguel Vellez. O interessante amigo partira realmente, levando tudo quanto eu lhe confiara. Havia de voltar descobridor (porque realmente da América do Norte trouxe, não sei como, vários inventos) e havia, depois, de ter a fortuna de morrer na prisão. Não insisto sobre os que me têm explorado. Não vale a pena. A vida é um vaivém...

Caminhando a pé pelas ruas, convenci-me, a pouco e pouco, da inutilidade de guardar uma persistente recordação de Vellez. Para outra vez seria mais prudente. Dei o caso do coronel Veríssimo como não realizado e de repente lembrei-me de que devia ir visitar a minha cara Lúcia — cara por todos os motivos...

Que delicioso *après-midi*, a olhar a medalha com o retrato do Imperador!

Tomei um carro e mandei tocar para a sua residência. A criada, quando me viu, fez um oh!

— É o senhor?

— Lúcia está só?

— Está.

— Diga que sou eu.

— Não sei se...

— Rapariga, deixe de histórias. Vá dar o recado à sua patroa.

Ela foi-se e voltou para abrir a sala de visitas. Pensei que houvesse gente nas outras dependências e entrei para a sala, descalçando as luvas.

Minutos depois, Lúcia apareceu. Precipitei-me.

— Lúcia, meu anjo!

— Perdão, senhor...

Recuei assombrado:

— Mas que modos são esses?

— Está tudo acabado entre nós.

— Acabado? Por quê?

— Não sabe?

— Não atino.

— Senhor, amigos meus preveniram-me de que não é doutor.

— Calúnias!

— Que o seu nome é falso.

— E tu acreditaste?

— Que o senhor não tem profissão, ou antes, que o senhor tem uma profissão inconfessável.

— É boa. Venho de São Paulo...

— Donde não me escreveu uma linha...

— É verdade. Confesso. Não tive tempo. Mas se a zanga é por isso, perdoa...

— Pensará, talvez, que prestei atenção a tal coisa?

— Tanto assim que notaste.

— Mas não posso ter ciúmes do senhor.

— Por quê?

— Porque nem devia lhe ter aberto a porta.

Agarrei-lhe na mão.

— Mas por quê, criatura?

— Largue-me ou chamo!

— Chamas nada! Responde por quê, anda.

— Porque não passas de um gatuno!

Larguei-lhe a mão, subitamente frio.

— Quantos contos lhe roubei? — perguntei, passado um segundo, encarando-a fixamente.

Ela baixou os olhos.

— Quantos? — insisti. — Dormia aqui, entrava a toda hora, via as suas joias, cujo número aumentei. Faltou-lhe alguma coisa? Responda!

— Não — fez ela.

— Você, mulherzinha ordinária, pode fazer cenas com outros. Comigo não. Serviu-me, paguei. Paguei regiamente. Você custou-me mais de 20 contos. Barregã.

— Ladrão! — fez ela danada.

Mas de repente caiu na cadeira.

— Não me faças mal. Foram os outros que disseram. Você sabe. Tenho responsabilidades. Não sou qualquer mulher. Eu até defendi. E eles disseram que você não era capaz de mostrar o seu título.

— Venho amanhã mostrar-lho, idiota.

— Escuta!

— Compreendo bem de que laia és. Adeus, desgraçada!

E saí digno. Digno e enojado. Torpíssima criatura!

Então, no carro, compreendi a superioridade do coração de Inês, a pobre rapariga, que eu não amava e pela qual não sentia nenhum desejo.

Aquela soubera e fora ver-me e era honesta!

Mandei tocar para S. Januário, sem saber bem o que fazia.

À proporção que o carro ia se aproximando, ia sentindo um medo, um grande medo. Quando parei, o meu coração saltava dentro do peito. Um dos pequenos estava à porta. Gritou:

— Nenê! Seu Júlio está aí.

Saltei branco, trêmulo, sem saber o que ia fazer.

— Sua mãe?

— Não está, foi à cidade.

— Seu pai?

— Foi levar a carta de fiança ao senhorio.

— Mudam-se?

— Amanhã.

Neste momento apareceu Inês. Vinha também pálida.

— D. Inês, eu vinha... — balbuciei eu — agradecer a sua bondade...

— Não tem de quê — fez ela enleada. — O senhor foi sempre tão bom, tão bom para nós... Ninguém sabe o que é a vida e é preciso ter bondade.

— Muito obrigado. Sua mãe...

— Mamãe...

E parou. Eu cobrei ânimo.

— Não deseja que eu volte mais aqui?

— Não, senhor! A vizinhança fala, nós somos pobres, pode vir a polícia. Mas a casa é sua, sempre sua. Foi tão bom.

— Vão então mudar-se?

— Papai ficou com medo por causa do caso.

— Ah!

— Desculpe, Sr. Maciel, desculpe.

— Não. Compreendo a vida e acho que fazem bem. Não quero voltar a frequentar-lhes a casa, porque não devo comprometê-los. Quero apenas continuar a mandar...

— Oh! Nunca.

— Tem vergonha também do meu dinheiro?
— Do seu dinheiro só, Sr. Maciel...
— Então de mim?
— Do senhor? Muito antes da sua prisão, eu sabia por uma carta anônima... E não disse nada aos pais, porque eu gosto muito e tenho muita pena do senhor...

Não sei como saí. Sei que lhe beijei a mão soluçando. Foi o único anjo da minha vida.

XIX.

O barão Rovedano

No Hotel de França, um barão italiano, *il barone* de Rovedano, tinha uns ares entre o banqueiro que rebenta e o explorador que enriquece. Almoçava comumente na varanda, aquela aprazível varanda tão ventilada, mas que neste tempo não dava positivamente para uma bonita praça. Era importantíssimo, intolerante. Os criados tremiam ao servir-lhe as costeletas.

— *Per Baccho*! — gritava o barão. E tudo estremecia.

Devo dizer que o Hotel de França tornou-se para mim sagrado. Precisava descansar e estava pronunciado — aqui, em S. Paulo... Era o diabo. Prudência nunca seria demais, o que não quer dizer que não fosse obrigado a trabalhar para três ou quatro agentes de polícia muito meus amigos. A exploração desses bandidos chegava ao cúmulo.

— Siga.

— Mas por quê? — indagava.

— Você bem sabe.

— Mas se eu não fiz nada de novo?

— Com V. até é melhor assim. Os jornais falam.

Então eu convidava-os para beber e dava-lhes dinheiro. Quanto dei? Ah! A desmoralização da nossa polícia era naquele tempo verdadeiramente fantástica. Hoje não é menor, aliás. Mas o povo vê mais, a imprensa vigia mais. O agente Ricardo, por exemplo, o cavalheiro que me denunciara à Lúcia, mandava-me buscar pelos da sua rodinha aos 200$ e 500$. Não conto novidade alguma. Há desses "negociantes" que deixaram a polícia para se estabelecer, como certos ladrões regenerados. A lista é enorme. E nem podia deixar de ser assim. O batalhão dos amigos do alheio tem que lhes deixar uma taxa, chamada a caixa da liberdade. Eu nunca deixava de dar.

— O Ricardo mandou ver se lhe arranjas 100$000...

— Toma lá!

Podia roubar nas ventas de cada um deles nessas ocasiões que eles não me viam. E, muita vez, salvei-me da prisão por suspeita porque untava-lhes as mãos e eles iam para o delegado dizer:

— O "Dr. Antônio" está para S. Paulo...

Certo dirão que eu me deixei sempre prender com facilidade. O meu desastre foi o caso da italiana, que me denunciou como a tendo narcotizado. Passei vinte dias na sala dos agentes. Era possível escapar mais? Nunca, porém, fui preso em flagrante, o que prova a imbecilidade da polícia de investigação, e, resolvido a entreter transações comerciais com a sociedade, iludi-a quanto pude no desconto das letras a pagar.

Estava, havia dois anos, roubando. No mínimo aliviara alguns cavalheiros na soma de 150 contos. Os ladrões tinham-me levado 20, as mulheres uns 50. O resto gastara com o meu bem-estar.

Resistir aos agentes seria impossível e resistir na cadeia ainda pior. Nunca me passou pela imaginação iludir a polícia. Eu trabalho com a tranquila consciência com que um advogado defende um réu, um jornalista escreve o seu artigo, uma senhora arruma a sua casa.

Depois, dá-se um caso de dupla personalidade. Eu, Arthur Maciel, não tenho desejo algum mau e sou muito fraco. O "Dr. Antônio" é que é o Satanás. Ora, esse malandro faz o meu corpo agir sempre como em hipnose, pela força da sua vontade. É ele quem faz tudo. Quando, porém, chega o perigo, tranquilamente desaparece e eu fico sem recursos, inteiramente banal.

No Hotel de França, porém, o Barão de Rovedano começava a irritar-me, porque sempre o encontrava à hora do almoço, comendo todos os pratos com queijo parmesão, tomando várias sopas e berrando com os criados. Era um explorador da pior espécie, desses capazes de se atirar debaixo de um bonde para pedir depois uma indenização. À vista disso, para dar-lhe uma lição, era preciso não aparecer à hora do almoço. Resolvi, então, com umas pequenas bolinhas que rebentavam ao tocar o solo, fazer-lhe prolongada visita à noite, alta hora. E realmente. Às duas da madrugada, empurrei-lhe a porta do quarto e soltei duas ou três das bolinhas. Depois entrei, dei volta à chave e tranquilamente pus-me a remexer-lhe os papéis. Encontrei uns quinhentos mil réis, que guardei, e rasguei uma porção de papéis talvez importantes. Depois saí calmamente e com dois arames consegui que a chave por dentro desse a volta. O narcótico de que fizera uso não lhe alteraria as horas de sono, tendo apenas impedido que acordasse naquelas duas horas.

Mas, ao encaminhar-me para o meu quarto, notei que num quarto, cuja porta se achava encostada, alguém roncava. Entrei sem me utilizar de narcótico. Havia luar e eu via distintamente. Caminhei para o cabide e esvaziei o colete, os bolsos da calça e a sobrecasaca. Depois saí. Não levara dois minutos. Voltei então ao meu quarto, e deitava-me quando imaginei um *truc*. Tomei de algumas notas do "bolo" do barão, rasguei-as e espalhei-as pelo corredor.

E definitivamente dormi.

No dia seguinte o hotel, às 10 horas da manhã, estava num rebuliço. O barão bramia descomposturas inqualificáveis, hóspedes falavam alto. O hotel tinha sido vítima de um caso esquisito.

Tinham rasgado os papéis do barão, várias notas suas e haviam deixado o seu anel e o seu relógio! No quarto 15, um francês, Mr. de Guesde, fora roubado em tudo.

Quem seria? Ladrão? Só se tivesse subido pela varanda, entrado no quarto do Sr. barão e por ele agitado o hotel. Mas o barão tinha a porta fechada, e por que as notas rasgadas haviam aparecido? A polícia já viera.

O criado que me contava isso sorria:

— Foi bem feito.

— A não ser que fosse o próprio barão — disse eu.

— Como assim?

— Quem sabe se ele não é sonâmbulo?

— Hum!

— Ou malandro?

— Ah! Lá isso, parece...

Vesti-me e fui almoçar, tendo lançado a suspeita que desejava. Depois saí tranquilamente como fazia todos os dias.

Era ou não uma outra personalidade irresistível agindo por meu intermédio?

Apenas, após os dois roubos precisava partir, não só do Hotel de França como do próprio Rio. Dirigi-me, pois, ao Lloyd para comprar uma passagem para a Bahia.

Quando voltei ao hotel contaram-me que o Barão de Rovedano tinha sido chamado à polícia, mas que desaparecera por precaução...

Era um formidável tipo pior do que eu.

Sorri com indiferença. Quatro dias depois também eu desapareceria...

XX.

Como me vinguei de um agente

Na véspera da minha partida, por desfastio, numa aglomeração, "fiz" um relógio, e ia indo muito bem quando um "gajo" da polícia apareceu:
— Apanhei-te.
— Como?
— Levas aí um "bobo".
— Eu?
— Tu mesmo. Desta não te livras.
— Mas engana-se.
— Segue! Vais ver se me engano.
Limpei o suor do rosto. Que besta que eu era! E disse:
— Vamos a ver se nos acomodamos.
— Descansa que eu não sou desses...
— Vejamos...
— Para diante.
Segui conversando:
— Não me perca.
— Ah! Descansa...
— Olhe, não se ofenda. Deixe-me ir...
— É inútil.
— Dou-lhe o que tenho.
— Vais deixar é o relógio na delegacia.

— Comprometo-me.

— Já te disse que não vou nisso.

Deu-me um ódio furioso. Tive vontade de quebrar-lhe a cara. Mas, de repente, veio-me à ideia um relâmpago de luz. Se eu era hábil em tirar relógios, devia ser hábil em colocá-los. Então empalmei o relógio, parei segurando o agente novato pela botoeira do *paletot:*

— Olhe, tem família?

Ele parou pelo imprevisto. Mas recobrou-se logo.

— Nada de cantigas!

O relógio já estava, porém, no seu bolso. Segui com ar triste, quase a chorar.

— Por Nossa Senhora!

— Deixa Nossa Senhora em paz!

Lembrei-me que tinha uma carteira de dinheiro sem cartões, com uns 50$000. Liguei-a à palma da mão, e, de repente, parei:

— Pelos seus filhinhos, Sr. agente.

Ele parou. Eu ajoelhei-me rápido estendendo as mãos:

— Peço-lhe de joelhos!

Ele, furioso, teve que me levantar. A carteira passara para o bolso largo do seu casaco.

— Patife! Se tornas, esmurro-te.

— Coração de pedra!

— Vou dar-te daqui a pouco o coração de pedra.

E então apressei o passo. Ia quase correndo. Ele custava para me acompanhar. Chegamos a bufar à polícia central, à presença do 2º delegado auxiliar.

— Saberá V. Exª que trago aqui este ladrão.

O delegado sorriu:

— Oh! Por cá outra vez o nosso "Dr. Antônio"!

— Era o "Dr. Antônio"? — interrogou alto o agente não ocultando a sua satisfação. O imbecil não me conhecia.

— Então, que fez ele?

— Estava roubando um relógio.

— O "Dr. Antônio" roubando relógios! Ora! Que diz a isso, "Dr. Antônio"?

— Peço permissão para perguntar a V. Exª se este indivíduo é autoridade.

— Indivíduo? — fez o sujeito danado.

— Silêncio! — ordenou o delegado. E para mim: — É agente.

— Muito me admira...

— Por quê?

— Porque é um ladrão...

A polícia teve vários ladrões entre os agentes. De modo que foi sem espanto que o Dr. delegado disse:

— Hein?

Mas o pobre-diabo, vermelho como um lacre, debateu-se:

— Eu, ladrão? Cachorro. Prendi-o, "seu" doutor, e ele até me prometeu dinheiro para soltá-lo. Sou um homem honrado! Pela vida de meus filhos...

— Sr. delegado — interrompi eu —, nada mais simples do que provar. Eu ia indo tranquilamente, quando vi num grupo este cidadão que limpava um cavalheiro gordo. Deixei-o operar e fui-lhe ao encalço: como reparte V. isso?

— V. disse?

— Confesso que só para rir.

— E depois?

— Ele ficou furioso e deu-me voz de prisão. Pensei que fosse brincadeira. Mas chegando aqui comecei a ficar assombrado. Já é ter topete.

— Que responde a isso, Sr. agente?

— "Seu" doutor, ele tem o relógio. É uma infâmia.

— Revistem-me — fiz eu.

— Olhe que se não for verdade, você paga.

— Não preciso mentir.

O delegado mandou revistar-me, não encontrando senão o meu relógio e a minha carteira com a letra M.

— Isto é meu. Posso provar onde comprei. Peço agora a V. Exª que se digne mandar revistar esse pretenso agente.

— Você podia ter posto fora o relógio.

— Era impossível porque o relógio estava com ele. E se não estiver é que o pôs fora. Digo mais. Vi-o tirar um relógio e uma carteira de couro amarelo.

— Sr. doutor, o gatuno insulta-me!

— Espere. A acusação é formal.

— V. Exª diz?

— Mostre o que tem no bolso.

Rápido, o idiota meteu a mão nos bolsos do casaco e de vermelho ficou branco. Com o lenço tirava a carteira!

— Que é lá isso?

— Eu... eu...

— Continue!

— Eu...

— Revistem este homem!

As ordens foram cumpridas. No bolso do casaco, no bolso de cima estava o relógio.

— Não é possível! Não é possível! — exclamava o arguto pegador de gente. Estavam no bolso dele...

— O Sr. Dr. delegado não acreditará por certo que eu seja o Brito Mágica.

— Cale-se, fez o delegado. Estão ambos detidos! Não admito a desmoralização da polícia! Recolham esses dois homens ao xadrez.

— Mas eu, por quê?

— Porque é um patife! Guarda, xadrezes diferentes. Não quero brigas.

Saí da sala indignado.

Era um palpite. Respondia a júri como incurso no artigo 336 e indo dali para o tribunal fui pela primeira vez condenado a 21 meses...

XXI.

Cumprindo sentença

O meu julgamento foi menos sensacional. Não foi mesmo nada sensacional. O advogado bateu em todas as teclas, assegurando que não havia provas. Mas contra mim havia a fama. A crença popular considerava-me o único rato de hotel. De modo que, depois de estar várias horas sentado no banco dos réus, fui condenado. Apelei. Mas na Detenção. E são desses meses que passei na Detenção e na Correção que se compõem estes capítulos das minhas memórias.

O primeiro sentimento foi o de estar só no mundo. Em vão esperava um Dr. Lorival providencial ou uma Inês doce e boa. Ninguém. Absolutamente ninguém, além do advogado a sugar-me dinheiro. É tão triste ser só. E na prisão, com tantos presos, é que se compreende a imensidade do isolamento.

Depois, como conversava com os presos, eu que até então não conhecia o calão dos criminosos, eu, o fino "Dr. Antônio", comecei a compor um dicionário do *argot* usado entre criminosos e funcionários da polícia venais. Encontro o escorço entre os meus papéis. Publico-o para mostrar como é possível acompanhar o Dr. Vicente Reis nos seus trabalhos policiais.

Ei-lo:

Acampanar   Vigiar ou acompanhar de longe.
Achacador   Ladrão de conto do vigário.

Aduana	Roupa feita.
Afanar	Roubar.
Afanar o mundo	Roubar dinheiro de igreja.
Alcaguete	Sujeito que aponta os malandros à autoridade.
Amarrar	Corrente.
Bacano	Sujeito endinheirado.
Banda	É quando o ladrão entretém a vítima para roubá-la.
Barretinar	Entreter a autoridade sob promessa de dinheiro.
Berrante	Revólver.
Biaba	Surra.
Bobo	Relógio.
Brilha	Objeto com brilhantes.
Bulim	Quarto de ladrões ou de otários.
Cabeça-baixa	Porco.
Calcante	Calçado.
Caneta	Instrumento para atirar ao chão a chave da fechadura.
Canoa	Coletividade de autoridades.
Caqueirada	Bordoada à mão, ou bofetada.
Careca	Queijo.
Cavalete	Bolso do colete.
Chafa	Soldado.
Charlatão	Falador que exagera.
Chuca	Bolso do *paletot* do lado de fora.
Chuva	Chave falsa.
Desengomar	Desabotoar.
Embrochar	Verificar se a vítima tem dinheiro ou valores.
Encanar	Prender.
Engomar	Abotoar.
Engrupir	Enganar.

Enrustir	Sonegar o produto do roubo aos companheiros.
Escamoteador	Ladrão de bancos e firmas importantes.
Escracha	Retrato na polícia.
Escrachar	Falsificar bilhetes de loteria.
Escrunchante	Arrombador de portas.
Espiante	Abandonar o trabalho, fugir.
Espiante da cana	Fugir de prisão.
Fiança idônea	Objeto cobiçado que representa o valor para pagamento do advogado e custas, processo.
Fraga	Pegado em flagrante.
Fuma	Objeto de ouro.
Gamba (meia)	200$000... (100$000).
Goela	Ladrão pequeno que penetra pelo pouco espaço da porta para dar entrada ao companheiro.
Granada	500$000.
Grilo	Bolsos das calças.
Grinfo	Homem de cor preta.
Guita	Dinheiro.
Intrujão	Comprador de roubos.
Lancear ou punguear	Roubar sem a vítima perceber.
Lorto	Assento ("os hemisférios").
Lucas	Contos de réis.
Lunfardo	Malandro.
Majoreno	Delegado de polícia.
Manjar	Ver, verificar.
Marmota	Burra ou cofre.
Marroca	Medalha com muitos brilhantes.
Micha	Nota falsa.
Micho	Vítima sem dinheiro.
Mina	Mulher ou amante.
Ministro	Peru.
Música	Carteira.

Nery	Nada.
Otário	Vítima.
Paco	Negócio de conto do vigário.
Palito	*Paletot*.
Patota	Grupo de agentes de polícia.
Penante	Chapéu de cabeça.
Penosa	Galinha.
Picaro ou picanço	Vítimas, mas que são homens espertos ou mesmo malandros que caem de qualquer modo.
Pinga da madrugada	Ladrão de hotéis que rouba os hóspedes.
Pisante	Botinas.
Pivete	Ladrão pequeno que serve de auxiliar ou intermediário.
Pula-ventana	Pular janelas.
Punguista	(*Pickpocket*) Ladrão que rouba sem que a vítima pressinta.
Revesso	Tipo que não entra em acordo com os companheiros.
Sargento	Galo.
Solante	Chapéu de sol.
Suja de buta	A vítima que pressente que pretendem roubá-la.
Sutana	Bolso de dentro do *paletot*.
Tira	Agente de polícia.
Tocar	Apalpar para verificar se a vítima tem dinheiro ou valores.
Toco	Divisão de roubos entre sócios e autoridades.
Topo mocho	Transação de bilhetes viciados.
Toqueiro	Autoridade policial que come dos ladrões.

Mas não continuarei. Com o tempo, fazia relações de toda espécie e é desse tempo que contarei as minhas impressões, dizendo o que se passa na Detenção e na Correção.

XXII.

Trucs dos roubados e dos ladrões

Haverá muita gente que tenha feito a psicologia dos criminosos? Conheço muitos pela permanência na Casa de Detenção e na Correção. Acho que há quatro ou cinco aspectos gerais do criminoso. O resto é cada um com o seu feitio. O ladrão, seja ele qual for, é o insidioso, o enguia, o que nega mesmo diante da prova desde que esteja diante de alguém de bem. Na maioria, são destinados a essa profissão por uma espécie de fatalidade. Não há meio de escapar. Feito o primeiro roubo, apanhado a primeira vez, nega. Entrando em contato com outros detentos, mesmo que tenha uma fraca vocação, está para sempre perdido. Não acredito nos regenerados. O regenerado é sempre uma burla — porque a moléstia irrompe quando menos se pensa. É possível a mulher perdida virar honrada. As mulheres são melhores sempre que os homens. O homem com a tara tem de continuar.

E, depois, o meio dos detentos acaba de liquidar os menos perversos. Bem se pode escrever na Detenção o verso do Dante:

Lasciate ogni speranza ó voi che entrate!

Porque os criminosos têm duas faces, a que apresentam ao público e a que apresentam aos companheiros e colegas de crime. Ambas infelizmente são mentirosas. Para o público, só há uma preocupação: mostrar inocência. Para os colegas, só há um desejo: mostrar uma grande habilidade e uma grande sorte cínica.

Não houve preso que, me vendo no cárcere, não indagasse:

— Você confessou?

— Confessei.

— Burro!

— Por quê?

— Nunca se confessa um crime.

As casas de Detenção, são, entretanto, escolas de crime. Cada cubículo é uma aula, e o interessante é ver como eles mentem arrogando-se grandes crimes, fingindo que têm um passivo enorme de falcatruas felizes. A maioria dos habitantes da cidade estaria roubada se acreditássemos no que se ouve e no que se narra nesses cubículos. Daí se sai sempre com uma noção da vida violentamente feroz: porque todos têm noções do Código Penal, para embrulhar a espécie, todos julgam anarquicamente a vida um grande assalto, porque a profissão vira uma espécie de guerra santa dos párias contra a sociedade.

É um exagero?

Conselho. Mas a sociedade séria é por nós considerada idiota, porque, com raras exceções, é falsa e mentirosa. Querem saber? Não há um roubado que dando queixa, não se diga mais roubado do que realmente foi. Desde os meus primeiros tempos comecei a reparar. Eu roubava um conto. A queixa era de dois contos e tanto. Os mais honestos diziam:

— Um conto e tanto...

Por quê? Para mentir? Para parecer muito bem de dinheiro à galeria? Um implicante gerente de hotel a quem certa vez por vingança fiz desaparecer 200 mil réis e uma coleção de níqueis, deu queixa de que lhe tinha desaparecido o mealheiro com 400 mil réis e 70 libras. Os níqueis tinham virado libras! Quase escrevo uma carta aos jornais...

A mentira é a base da vida. Nós a vemos através dos delegados, dos agentes, e dos advogados. E o público vê-nos a nós através dessa gente e mais das gazetas. Há um grande erro na compreensão do roubo. Um dia a espécie humana cairá em si.

Até agora, porém, não caiu. A pretensão e a exploração são a norma. Hei de lembrar sempre como tipo dos pretensiosos um caixeirinho preso por ter aberto a porta da loja à sugestão de arrombadores e que com um mês de Detenção se imaginava o autor de tremendos ataques à bolsa alheia. Mas o interessante foi o que se deu entre mim e um roubado. Estava na Detenção à espera do julgamento de um crime qualquer, quando soube que um sujeito, a quem batera a carteira com um conto e trezentos, sabendo da minha prisão e reconhecendo o meu retrato, fora dar queixa de que fora roubado em cinco contos. Escrevi-lhe uma carta convidando-o a vir falar-me.

Ele veio, obteve licença e eu pedi para ficarmos sós. Então, com toda a amabilidade disse-lhe:

— Eu tenho o seu dinheiro.

— Confessas, miserável!

— Nada de palavras feias. Tenho o seu dinheiro.

— Bem, fez ele espumando. E depois?

— E vou restituí-lo.

— Ah!

— Está em lugar seguro, e saindo daqui o Sr. terá a sua carteira.

— Bem.

— Apenas peço que me deixe um recibo dando conta da quantia exata que havia nela.

— Não me lembro.

— Deve lembrar-se. Não quero passar por gatuno. O Sr. sabe bem que tinha um conto e trezentos...

— E trinta mil réis! — exclamou ele.

— Ah! Lembra-se? Felizmente. Ora, o Sr. diz que a carteira continha cinco contos. Peço o recibo verdadeiro.

— Bandido!

— Dá-me o recibo?

— Queres desmoralizar-me.

— Dá-mo?

— Nunca, infame!

E saiu furioso.

Cômicos que eles são! Felizmente há muitos roubados que não dão queixa alguma. Contam aos amigos. Nunca cumpri pena por trabalho feito por mim. Mas tenho encontrado roubados engraçados.

XXIII.

Conhecimentos de gatunos

Foi nesse primeiro grande período de prisão que conheci quase todos os gatunos.

É um dos graves defeitos da Detenção essa promiscuidade lamentável, dez e mais num cárcere, a contar aventuras. Eu não conhecia absolutamente os batedores de carteira, os gravateiros, os arrombadores, os simples iniciados, de modo que foi uma verdadeira admiração.

— Então é V. o "Dr. Antônio"?

— Caramba! Ninguém diria se o visse na rua!

— Que diabo, por que se deixou prender? Você, um doutor.

Eu respondia, modesto.

Entretanto, encontrei lá alguns ladrões realmente notáveis. O Zezinho, por exemplo. Esse Zezinho era um dos melhores corações que tenho encontrado. Sustentava duas ou três famílias que o acatavam e respeitavam, posto que soubessem do que vivia ele. Era um terrível punguista. Roubou mesmo várias autoridades e jogava com fortes somas. Jogava!... Escrevi este verbo sem duplo sentido, e devo dizer que Zezinho teria morrido milionário, se não fosse o jogo. Havia dias em que parecia um verdadeiro desesperado.

Saía para a rua, pungueava, entrava na tavolagem. Perdia todo o dinheiro no dado, tornava a sair, batia outra carteira, e voltava a perder o dinheiro dela no mesmo antro. Fazia às vezes quatro e cinco vezes a mesma coisa. Era um admirável especialista de carteiras.

Outro, realmente brilhante, é o Dr. Anísio. Já lhes contei como no começo da minha estadia no Rio, um gatuno porco pretendeu embrulhar-me e para isso levara um jovem bastante moreno apresentando-o como estudante. Já lhes contei como depois encontrei Anísio na Detenção e ele dissera:

— Nunca me enganei!

Esse Anísio, que se acha atualmente preso em Pernambuco, é um dos rapazes mais inteligentes com que tenho conversado. De resto, à sua inteligência serviu muito a prisão — porque passava os dias lendo e estudando. Ele sabe Direito Criminal melhor do que muito advogado, lê poetas franceses e latinos no original, gosta de romances, entrega-se a leituras de revistas de sociologia. O roubo é um derivativo da sua força destruidora.

Conheci também o Minga, o Paulino Ginone, o Torrenho, o Guilherme Torrada, que está muito bem em Buenos Aires. Claro que só falo dos notáveis. Um ex-notável que ali encontrei foi o Dr. Farias, que se especializara em "trabalhar" em casas de cômodos e joias de mulheres. Esse Dr. Faria é hoje um homem honrado, negociante de todo o respeito em S. Cristóvão.

Hão de notar, como, em se tratando de um gatuno mais ou menos inteligente e fino, logo o apelidavam de "Doutor". A razão não é por sermos de um país em que quantos não sejam coronéis são doutores. O apelido, irônico, vem depois da aparição do "Dr. Antônio", no Carson's Hotel. Doutor caiu no goto...

O interessante, rememorando os tempos de prisão, é notar que não apareceu nenhum grande "artista" depois daquele tempo. Além dos que citei, é possível lembrar o Beleza, o Andaluz, o Lagoa, o Brum, o Rio Grande — Inana, que de uma feita "fez" 25 contos na

Bahia —, o Pitoca, atualmente com um botequim na Pedra do Sal, o Manuel Barbosa...

Hoje a arte está em decadência. Não há *virtuose* — há ratoneiros.

Com esses rapazes fui a passar o tempo. Nenhum deles gostava de quadrilha ou de "trabalhar" junto. Mas a arraia-miúda só se aproximava da gente para pedir coisas e combinar planos.

Insuportáveis!

Vi assassinos no cubículo, desejando alucinadamente uma faca, quebrarem as asas da caneca e afiarem aos poucos, escondidos do guarda, a arma necessária; vi gatunos que se roubavam uns aos outros, certos de que no dia seguinte tinham de entregar o roubo — que aliás não lhes serviria de nada; vi rixas tremendas na sombra, rixas que os guardas tinham de vir separar alta noite. E o meu estômago padeceu. Às vezes perguntava:

— E a Correção será melhor?

— É horrível. Batem-nos.

— Batem-nos por quê?

— Pelo comportamento.

Muitos dos que falavam comigo já tinham cumprido sentença e exageravam os tormentos da Correção, sem poder dizer uma palavra, obrigados a trabalhar.

— Pelo menos há ar.

— Com o vigia ao lado.

— E não se foge?...

— É preciso muita coragem! É preciso coragem!

Uma das características dos presos é bem a falta de coragem diante da autoridade. Os muros da prisão abatem os organismos mais fortes. É escusado mentir. Alguns podem fingir uma atitude. Mas no fundo têm um terror absoluto do que prende, do que escraviza e da manietada lei que nos põe por trás de um muro e dos que em nome dessa lei nos podem meter em camisola de força, a pão e água, sem que a sociedade por isso se interesse...

O meu advogado não tinha esperanças na apelação — por mais que dissesse ser certa a minha liberdade. Eu também perdi essa ilusão e só almejava a Correção. Parecia-me que lá o tempo correria mais depressa. Um condenado só faz questão do tempo. Se livre uma semana custa a passar, 22 meses lá dentro parecem nada, quando a gente encontra homens condenados a trinta anos.

Sem dinheiro, sem objetos de uso indispensável, sem sabonetes e perfumes, eu via a vida negra. Seria melhor a Correção. Iria para lá afundar-me sem pensar, sem refletir, sem agir, iria repousar. Estaria "à sombra", sem carros, sem hotéis, sem medos. E sem vinhos e sem *champagne!*

Resignei-me. É o que faço sempre. Quando a segunda sentença foi dada, já não tinha emoções, e, notificada ela, segui para a Correção uma certa manhã.

— Então, em que pensa "Dr. Antônio"?
— Penso na vida.
— Ainda bem. Vamos a ver se se emenda.

Como se alguém se emendasse na Correção! É a fantasia mais disparatada dos homens, julgar que amainam o mal prendendo...

Assim, entrei para a grande chácara. Deram-me uma roupa de zuarte e um número e meteram-me em cima num cubículo todo para mim e frio, e todo de pedra.

Olhei muito tempo a escuridão, sem chorar. Não era nem Arthur Maciel, nem "Dr. Antônio". Era um número. Um número e mais nada!

XXIV.

Na Correção

É preciso ser bom na Correção. É preciso ser humilde, tratar com doçura, ser sempre de acordo com aquele que cheira a autoridade. Senão é pior. Espancam-nos. Há a solitária. Há o raio, uma cela que foi construída com sal e dessora uma eterna umidade...

É preciso ser bom na Correção. E, entretanto, na Correção os homens tornam-se feras.

Feras, positivamente. Temei aquele que esteve na Correção. Não sai homem, sai jaguar. Se matou, quererá matar mais; se estuprou, um ódio convulso o enrodilhará em malefícios contra os mais; se roubou mais roubará. Esse sai. Sair! Sair! Mas há outros que não têm mais esperança de sair.

— Aquele tão feroz?

— Coitado! 30 anos...

É preciso ser bom na Correção. Todos são maus. São maus, porque é impossível deixar de o ser. Contra a fúria, a fúria. Contra a violência, a violência. Um homem condenado a um tempo enorme, que entra moço para sair velho (se sair!), que não vê mais a rua, que não sente mais a liberdade, perde o amor à vida e torna-se chacal. Para contê-lo é preciso ser o domador com a ponta do ferro em brasa. Eu vi negros assassinos rebelarem de repente contra os guardas, cedendo apenas aos canos dos *revolvers*, para passar 15 e vinte dias de solitária; eu vi cenas espantosas, que os meus olhos não esquecerão jamais.

É preciso ser bom na Correção.

Esses primeiros meses, como os passei, deuses! Era o trabalho durante o dia (eu que nunca trabalhara no sentido vulgar da palavra!), sob a vista dos guardas, que quando embirram embirram mesmo, e as formas, as revistas. Não se pode dizer palavra, e entretanto criam-se ódios e fazem-se camaradagens. Quantos conflitos e tentativas de assassinatos têm havido lá dentro, um homem que de repente salta sobre outro a dente e a faca para estraçalhá-lo, para beber-lhe o sangue?...

Depois, quando se trabalhou o dia todo, de sol a sol, vem de novo a revista, e cada um se recolhe à sua cela, engradado, só.

Muita vez, caindo na laje, eu perguntava:

— Mas, por quê?

Sim, por que prender-me assim, fechar-me num cárcere, proibir-me de falar, curvar-me ao peso de um enorme castigo? Por quê? Porque "aliviara" elegantemente alguns cavalheiros desnecessitados de dinheiros que não lhes faziam falta? Mas, prendendo-me assim, essa gente cuidava o quê? Em corrigir-me? Em emendar-me? Em fazer com que eu não roubasse mais?

Evidentemente idiota a sociedade!

Mas, no silêncio frio do cárcere, na escura galeria, tal qual como no *Conde de Monte Cristo* (de tal forma a vida é um romance!), proibidos de falar, proibidos de conversar, nós falávamos, a princípio com sinais sonoros, batendo nos muros, depois, baixo, sem nos vermos.

— És tu, dizia uma voz, ó 302?
— Quem fala?
— É o 145.
— Ah!
— Quanto te falta para sair?
— Oito meses.

— Que vais fazer?

— Sei lá.

— Se trabalhássemos juntos?

— Eu quero entrar nisso! — intervinha uma terceira voz.

— Quem é?

— Não vês? É o 120.

Depois tocava silêncio, e quando continuávamos, o guarda soprava:

— Leva rumor!

Os guardas. Se eu disser: coitados!, hão de pensar que é hipocrisia. Mas falo a verdade inteira. Eles é que são os verdadeiros presos. Ganham ordenados de copeiros da Cidade Nova e trabalham tanto que não sei quando têm repouso. Também não se pode exigir diariamente de gente tão sacrificada, uma infinita bondade. Contrariá-los, responder-lhes mal, é certo ter como consequência um castigo.

É preciso ser muito bom na Correção. Eu vi, por exemplo, a luta realmente fantástica do "Estudante" (que enfim saiu o ano passado depois de cumprir a sua enorme pena) e da Correção. Vi esse homem de uma energia terrível contra a Correção inteira, do diretor ao último guarda. Usava de todos os recursos, pregava as maiores partidas, não temia nenhum castigo, tinha uma saúde de ferro. Não podendo com ele, a Correção julgava-se vencida. Mas era o "Estudante". Outros condenados, alguns ferozes assassinos, que pretendiam resistir, acabavam abatidos, presos na solitária uma porção de dias a fio. E, quando ressurgiam, magros, esquálidos, trêmulos — estavam com o gênio abrandado...

Felizmente eu não sofri desses castigos. Os primeiros sintomas da moléstia que breve me matará, senti-os aí. Mas que cuidados tinha em não irritar os guardas, em ser bom, em ser afável. Além do mais, os últimos meses de Correção foram os meses da revolta. Na cidade havia tiroteios, balas, a esquadra estava revoltada. Entravam jornais lá dentro. Os guardas trocavam ideias e opiniões. Os presos pensavam e tinham alguns medo quando ao longe se ouvia o canhoneio dos vasos de guerra e das fortalezas. Era precisamente à hora de recolher que reboavam os canhões.

— 175.

— Que é?

— Continua...

— Se uma bala cai aqui.

— Não poderemos fugir.

Éramos todos contra o governo legal. Está claro. Tínhamos a ilusão de que o outro seria melhor para nós. A vida é assim.

— Ó 40.

— Cala-te.

— O Custódio vence...

— Há de vencer.

— Este pessoal vai ver o china seco.

— Tomara.

— Ah!

Mas de repente, na sombra da imensa galeria, uma voz bradava:

— Leva rumor! Silêncio.

E tudo caía em silêncio na treva, com os seus sentimentos e as suas dores...

XXV.

De como me regenerei...

Não é a primeira vez que afirmo, e nem será a última: a justiça dos homens anda enganada com os resultados do castigo. Que pensam eles condenando um homem a vários anos de trabalhos forçados? Que o sujeito sai regenerado?

Mas é positivamente um engano. São inúmeros os casos em que o assassino mata no mesmo dia em que é posto em liberdade. Quanto aos "amigos do alheio", é sabido, que, à sombra, eles não fazem positivamente outra coisa senão combinar trabalhos para quando saírem.

Ninguém ignora os meus processos, e por isso talvez eu me confesse: sou incapaz de um crime como considero crime. Não mato, não forço — tiro... Na própria Correção combinava-se, querendo a minha colaboração, o assalto ao palacete da Viscondessa da Cruz Alta. Quem dirigia o assalto era um seu ex-copeiro, empregado infiel.

— Como?

— Entra-se pela porta de trás às duas horas.

— E as joias?

— Assim como os valores, no seu quarto de dormir.

— E se ela acordar?

— Crrr... mata-se!

Recusei. Não só. Mandei dizer à polícia e à Sra. da Cruz Alta o que os bandidos premeditavam — sem aliás levar nada por isso...

Mas a justiça infamar-me com uma condenação, pensando regenerar-me! Fez-me apenas perder o pudor. Quem perde a vergonha de estar preso, já perdeu todas as vergonhas. Igualou-me a uma cáfila, fez-me um número, fez-me mal. Também saí decidido.

Depois de esperar duas ou três horas, já com o alvará de soltura, que o delegado me restituísse o dinheiro meu, S. Exª disse:

— Dr. Antônio, venha amanhã receber.

— À mesma hora?

— Sim.

Saí e respirei, na Rua do Lavradio, a plenos pulmões. Estava, enfim, livre! Como é bom passear, andar, não ter polícia ao lado!... Fui a uma cocheira. Tomei um carro e mandei tocar para a Ville Moreau, na Tijuca. Ia bem vestido, com um ar muito elegante e despreocupado. Cheguei ao escurecer. Tocaram a campainha e veio o pequeno *bond* buscar-me. Combinei um quarto, o nº 22, paguei uma semana.

— Mando-lhe as malas amanhã.

— Como quiser. V. Sª dorme hoje já?

— Não tenho certeza. Em todo caso, prepare a cama.

E voltei à cidade. Jantei num restaurante, fui ao Recreio Dramático, tive duas horas de paixão com uma italiana; enfim, só voltei ao Moreau no *bond* das 4 horas da manhã. Ia resolvido a dormir até à tarde. Quando cheguei já clareava. Estava tão formoso o romper d'alva que não toquei a campainha para chamar o bondinho que me levaria até ao alto. Fui a pé, pisando as folhas secas e a relva úmida do rocio da madrugada. Ao chegar em frente à fachada do hotel, vi uma janela aberta.

Quanta coisa diz uma janela aberta! Os pássaros cantavam e a vida parecia renascer no desmaiar da estrela-d'alva. Estava o céu todo cor-de-rosa quase...

Icei-me. Era a sala do hotel. Caminhei para o corredor onde devia estar o meu quarto. Empurrei uma porta. Estava num aposento em que um homem dormia. Como não entrar?

Entrei, revistei-lhe os bolsos sutilmente. Havia dois contos e tanto, fora relógio, corrente, abotoaduras. Saí. Não tinha sono. Voltei pelo corredor. Saltei a janela. Como estava linda a manhã! Caminhei pelas folhas secas, e desci pela rua até muito abaixo da estação da Muda. Depois tomei o *bond*, vim para a cidade, guardei o dinheiro e tudo o mais bem guardado com o dono do hotel onde almocei, dando-lhe um embrulho lacrado, com o nome Afonso da Silva Pinto, e depois fui à polícia conferenciar com o delegado.

— Vem buscar o seu dinheiro?

— Sim, Sr. doutor. Estou a nenhum.

— Tem a receber?

— Um conto oitocentos e trinta e dois mil réis.

— Justamente. Vou chamar o tesoureiro. Mas você não sai depois.

— Por quê?

— Porque está preso.

— Ora esta!

— Que fez ontem?

— Saí daqui, fui jantar, estive no Recreio Dramático, saí com uma dama com quem estive até de manhã, fui assistir aos banhos do Boqueirão, almocei e vim para aqui.

— Não esteve na Tijuca?

— Fazendo o quê?

— Roubando no Ville Moreau?

— Oh! "Seu" doutor. Então eu ia me meter logo numa dessas, sem ao menos esperar não ter que voltar aqui por vontade.

— A mim também me parece. Mas roubaram uns dinheiros lá, hoje, e só podia ser você...

— É boa!

— Por que criou fama? Em todo caso, tem de ser confrontado com o proprietário, a ver se o reconhece. Ele vem aí...

— Doutor, estou regenerado. Agora só quero trabalhar.

Esperamos duas longas horas. O delegado mandou revistar-me. Depois apareceu o proprietário, que me vira um instante de cartola, no lusco-fusco da tarde. Deu comigo, pensou.

— É este? — indagou o delegado.

Eu tomei um ar mole, que não é o que tenho na rua.

— Peço ao Sr. que não cometa uma injustiça. Saí ontem de cumprir uma pena. Veja bem.

— Não, Sr. Doutor — disse ao delegado. — Não tenho hóspede nenhum assim. Ontem esteve lá um senhor, que não voltou. Mas não lhe dei chave. E era...

Pensou um pouco, tornou a olhar-me bem.

— E era positivamente outro.

O delegado e os presentes sorriram. Eu disse:

— Muito obrigado.

— Podes ir, estás livre. E cuidadinho!

— Estou regenerado, Sr. doutor.

Desci tranquilamente as escadas, fui dar um longo passeio de carro, jantei no restaurante, onde o proprietário me entregou o pacote, e dois dias depois partia para a Bahia.

Ia fazer o Norte também.

Foi assim que me regenerei.

XXVI.

Um homem bom

Sim. Realmente eu ia partir, ia fazer um pouco de vida nova. A situação no Rio tornava-se insustentável. Os agentes dar-me-iam caça e eu não poderia realmente continuar com o esplendor do tempo do Encilhamento.

Comprei passagem e na véspera da minha partida rememorei a minha vida. Tinha vivido como um nababo, tinha tido várias amantes, mulheres célebres, um anjo que por mim tivera uma gratidão mal-empregada, alguns cavalheiros que pelo preconceito de família e de nome me tinham posto em liberdade, e mais nada. O ódio pelos homens era, em mim, assaz integral. E eu lembrava uma época em que era negociante em Niterói, em que dançava nos clubes familiares da capital do Estado do Rio...

Bom tempo!

Meti-me então numa barca e, com saudade, fui rever aquela cidade em que assistira ao casamento do delegado de polícia. Pobre cidade! A revolta havia estragado bastante a ex-capital do Dr. Portela, e eu ia de sobretudo, revendo coisas, vendo os estabelecimentos. De repente, vi mesmo, num botequim da Rua da Praia, o meu antigo sócio. Foi um cruzar rápido de olhos. Levantei a gola do sobretudo e estuguei o passo. Mas alguém, dentro em pouco, veio ao meu encalço, chamando-me:

— Psiu! Psiu!

Apressei o passo. A pessoa gritou:

— Ó Maciel!

Voltei-me. Era o meu antigo sócio. Fiquei sem pinga de sangue. O que não iria ele fazer-me? Talvez saísse dali preso...

Mas a boa criatura era o mesmo, todo alegria:

— Então, como vai você?

— Eu bem.

— E nunca mais apareceu.

— O senhor deve saber por quê...

— Ah! Sim.

— Aquelas complicações... Como poderia voltar a vê-lo, ao Sr. que me abrira o seu lar, que me dera relações...

— Ah! É verdade. Mas não falar comigo!

— Tinha vergonha.

— De mim? Ora! Maciel, eu sou homem, sofri muito e quem sofre muito compreende uma porção de coisas e sabe perdoar. De resto, foi você que me deu a mão.

— Não falemos nisso.

— Ao contrário. Preciso que vejas o livro e que recebas o que é teu.

— Não tem pressa.

— Não. Tem. Podemos ir já agora.

Era uma resolução sincera. Estava diante de um homem honesto. Disse então:

— Hoje, é impossível. Tenho que estar na cidade dentro de uma hora.

— Venha então tomar qualquer coisa comigo.

— Obrigado.

— Exijo. Você parece estar brigado comigo.

— Por quê?

— Por não o ter ido ver...

— Não! Sinceramente não!

— E entretanto, não fui para não o comprometer.

Tive que ir beber com ele e marcar uma hora para o dia seguinte. Era um homem bom. Nunca mais o vi. No dia seguinte, partia para a Bahia e só a lembrança desse homem me reteve a bordo.

Mas que interessante campo que era S. Salvador da Bahia. Uma curiosa cidade, limitada, onde todos se conhecem, onde a vida tem duas partes: a baixa e a alta.

Saltei e hospedei-me no primeiro hotel da cidade, com pose e com tranquilidade.

Foi nesse hotel que travei relações com o Dr. Joaquim Catunda, tão falado político como homem pessoalmente interessante.

— Vem do Rio?

— Realmente, Excelência.

— Não sei como ficaremos agora.

— Muito bem.

Eu disse "Muito bem" porque nunca entendi de política. É outro gênero...

Ao almoço conversamos sempre com simpatia. O Dr. Joaquim Catunda estava amável.

Ao fim de três ou quatro dias, indaguei:

— E V. Exª vai para o Rio?

— Vou. Estou de passagem. Há muita coisa. A política ferve.

— Foi a política que o trouxe...

— A política e negócios.

— Ah!

— Uns dinheiros que tinha a receber.

— V. Exª deve ter todo o cuidado em não trazer grandes somas consigo.

— Grandes somas! Não as tenho. Agora, roubado é que é difícil na Bahia.

— Por quê?

— Porque toda a gente se conhece...

— Ah! Então...

Mas reparei que, tirando dinheiro para pagar não sei o quê, o Dr. Joaquim Catunda mostrara duas notas de 500$000. Devia ter outras, com certeza.

Então, pensei em pregar uma partida a tão distinto parlamentar. Era no oitavo dia da minha permanência. Encontrei-o no almoço e almocei com ares apressados.

— V. Exª desce?

— Desço.

— Está com uns ares de pressa.

— Tenho hoje um negócio numa casa comercial.

— É viajante?

— Sim, senhor.

— Pareceu-me.

— Às ordens de V. Exª.

— Adeusinho.

Saí, contornei o hotel, esperei que o Dr. Catunda descesse também e tornei a entrar no hotel.

XXVII.

A minha alhada baiana

É claro que entrei no hotel àquela hora deserto, porque depois do almoço a Bahia dormita a fazer digestão, e empurrei a porta do quarto do senador Catunda. Estava aberta. Dei uma vista-d'olhos, estudei o local e tornei a sair tranquilamente.

Nessa mesma noite acordei às 2 da manhã, ergui-me e fui vagarosamente pelos corredores. Ao chegar ao quarto do Dr. Catunda no escuro, apliquei o ouvido. S. Exª roncava. Empurrei a porta. Ele não a fechara por dentro. Então entrei, dirigi-me à cômoda com uma lanterna furta-fogo, encontrei uma pequena valise, dei uma busca geral nos bolsos do político e tornei a sair, devagar.

Ao chegar ao meu quarto, acendi a vela e contei o saque. Batera de S. Exª nove contos de réis, incluindo 250 libras ouro, que se achavam na valise.

Fiquei atrapalhado um instante. Onde meter aquilo? Mas a janela do meu quarto dava para a rua e era no rés do chão. Saltei-a. Às 2 horas da manhã, na Bahia, não se vê vivalma. Fechei a veneziana e, com a mala debaixo do braço, andei. Fui assim até os jardins do Campo Grande, vagando. Afinal encontrei uma pá. Era providencial. Cavei debaixo de uma pedra, bem fundo, marquei o lugar com um sinal, meti a valise com as 250 libras, cobri de terra, e a terra cobri de capim e ervas e cisco.

Depois continuei a andar só com o dinheiro, voltei ao hotel, saltei para o quarto e dormi até pela manhã sem maus sonhos.

Quando acordei o hotel estava em polvorosa. Tinham roubado o Dr. Catunda! S. Ex.ª estava furioso. 250 libras ao câmbio de 7d.![3] Tragédia.

Entrei também no espanto. A polícia baiana movia-se estrepitosamente. Cada um desses cavalheiros que entrava no hotel fazia pelo menos um discurso falando da grandeza da Bahia e do talento dos seus homens. Eu, que de natural falo pouco para não dar na vista e não parecer suspeito, fazia um esforço e também discursava, gritava:

— Acontecimento! Um hotel sério! As tradições do povo baiano!

Mas resolvi partir no primeiro vapor, que aliás devia esperar ainda cinco dias. Qualquer passo que eu desse me faria suspeito. A polícia levou com farofas três ou quatro dias, só então se lembrando de inquirir sobre a gente do hotel, e eu, com grande pasmo, ao fim do quarto dia, tive um cidadão que me veio buscar da parte do chefe de polícia. Fiquei assombrado.

Quando cheguei à chefatura estava indignado. O chefe ficou só comigo:

— Mandei chamá-lo por causa do roubo do Dr. Catunda.

— Que tenho com isso?

— Como se chama?

— Júlio Dória.

— Não é verdade.

— Senhor!

— A polícia do Rio acaba de telegrafar-nos tudo. Você é o "Dr. Antônio"! — exclamou ele, não podendo conter o seu orgulho.

— Logo vi.

---

3. Câmbio de 7 dinheiros, ouro esterlino, por mil réis. (N. E.)

— Logo vi quê?

— Era a polícia do Rio! Fatalmente. Mas saiba que, sendo o "Dr. Antônio", vim regenerar-me, e não roubei nada. Nada!

— Não confessa?!

— Em hipótese alguma. O Sr. pensa que eu sou um idiota? Se não cometi o crime.

— Mas fica preso.

— O tempo que a sua injustiça julgar conveniente.

Remeteu-me para a prisão. Duas horas depois mandou-me chamar. Em vão. Levamos assim, eu negando, ele querendo que eu confessasse, vários dias. Por fim, já era uma moléstia. S. Exª queria o sucesso. Os jornais todos os dias davam-no como impotente para arrancar uma confissão. Já se pensava em erro. Ao quinto dia, o chefe chamou-me outra vez:

— Confesse, disse docemente.

— Não é possível. Se não roubei!

— Confesse...

— Mas não posso confessar só para lhe ser agradável, apesar da consideração que me merece.

— Muito bem. Pois olhe que não se arrepende.

— É impossível.

— Olhe que falei com o Catunda.

— E então?

— Quer que restitua o que for possível. Podemos até não o perseguir.

— Palavra?

— Palavra de honra como se confessar entregando as joias e o dinheiro, mando metê-lo num paquete.

— Palavra, doutor?

— Só tenho uma palavra.

— Parte um vapor sexta-feira.

— Embarca nesse.
— Sério?
— Eu não brinco...
— Pois diga ao Dr. Catunda que não lhe roubei as libras.
— Não?
— Palavra. Só lhe roubei o relógio, os botões e o dinheiro, que se acham amarrados num lenço, entre as raízes de uma árvore em frente ao hotel. Falo com o coração nas mãos. O Sr. procederá conforme a sua consciência. Devo, entretanto, cumprimentá-lo. É o primeiro chefe de polícia inteligente com que tenho tratado.

Era um lance de infinita audácia. Recolhi à cadeia, varado. Estava perdido outra vez por dois anos e esperava para chamar um advogado.

No dia seguinte os jornais aclamavam o chefe de polícia. Era quinta-feira. Fiquei inteiramente fora de mim. Na manhã seguinte, porém, recebi a visita de um secreta com uma nota da polícia. Fez-me vestir e segui-lo. Meteu-me num bote. Um paquete ia levantar ferro, e eu entrei para a terceira classe. Estava decididamente com muita sorte!

E vendo desaparecer a linda cidade, sem compreender bem por que estava solto, a bordo com as minhas roupas e os meus próprios valores, eu pensava em voltar meses depois para desenterrar as 250 libras.

Apenas não voltei a tempo. O jardim do campo transformou-se na Praça 2 de Julho e naturalmente os trabalhadores, cavando a terra, encontraram o ouro.

Eu voltara ao Rio e seguira para S. Paulo por não querer me demorar na capital. E foi a demora em S. Carlos do Pinhal que me privou de libras tão bem ganhas.

XXVIII.

A minha prisão em S. Carlos do Pinhal

Foi em 1894. De volta da Bahia, resolvera fazer pelo Estado uma *tournée* de funcionário do Tesouro.

Sim. Realmente. De vez em quando deixo de ser "doutor" e resolvo ser empregado público. Então sou Artur Macedo, empregado do Tesouro Estadual, com três meses de licença para tratar da sua saúde, onde lhe convier.

Fiz assim várias vezes em S. Paulo. Dessa vez, quando cheguei a S. Carlos do Pinhal já tinha estado em Ribeirão Preto: Ribeirão que começava a trepar sobre Campinas para lhe tirar o cetro do centro do café. Em Ribeirão estivera, pois, assaz folgado e vinha para S. Carlos do Pinhal com grandes disposições. Nada como o exercício para desenvolver a faculdade.

Foi aí que, saindo uma noite depois do jantar, encontrei bem no meio da rua um embrulho que chorava. Era um recém-nascido. Peguei aquilo ao colo e bati na primeira casa...

Estas memórias não podem ter a preocupação de fazer romance. Contam a verdade. São uma quase enumeração seca de fatos da minha vida em que, confessando crimes, mostro como a justiça é criminosa. Mas esse episódio da criança daria bem para um conto cruel.

Assim, bati na primeira casa e contei o ocorrido. Ficariam com o petiz.

— Ponha-se lá fora — gritou o dono da casa.
— Mas, cavalheiro...
— Não admito insinuações...

Bati noutra casa. Expliquei o achado. A família olhou-me desconfiada. Afinal o chefe disse:
— Acho o plano mau.
— Como?
— Por que não fica com a responsabilidade de seu filho?

O pequeno começara a vagir. Eu corria de porta em porta da rua com ele nos braços. Em cada casa a mesma hostilidade me recebia. Dei num largo. Fiquei com medo. Talvez aquele gesto de salvar uma vida do egoísmo social acabasse por dar-me complicações com a polícia. Que criança seria aquela? Filha de um crime? Ia andando cada vez mais apressado. Afinal vi à porta de uma quase choupana um velho com uma velha. Parei.
— Deus esteja nesta casa!
— Amém.
— São sós?

O velho respondeu:
— Somos.
— Trago-lhes uma companhia. Tome.

E depus no colo da velha o petiz que chorava. Depois tirei da carteira. Tinha duas notas de 500$000.
— Apelo para o vosso bom coração. Este menino é de boa família. A mãe morreu de parto. Preciso que cuidem dele. Todos os meses virei vê-lo, dando tudo e mais uma pensão para o seu tratamento. Aqui tem um conto de réis pelos primeiros cinco meses.

O velho ergueu-se.
— Não diga que não, bom velho!

Ele erguera-se, porém, para assegurar que velaria pelo coitadito. Deixei a choupana com pressa.

No caminho vinha rindo. Que romance folhetim a vida! Mas o menino dera-me sorte. Nessa noite no hotel empalmei 2.700$, joias e um relógio Patek.

Os roubos do hotel estavam já preocupando aquela gente. Eu dava-me com o Dr. Brito, juiz de direito, com o promotor Geminiano da Costa. Mas, em todo caso, eles mandaram saber para S. Paulo se havia no Tesouro um funcionário de nome Artur Macedo.

Responderam que não. Eles mandaram os sinais, insistindo, e de S. Paulo mandaram então o meu retrato tirado na polícia. O delegado Ramalho foi visitar-me:

— Diga-me, Sr. Artur, conhece por acaso um Antunes Maciel?

— Não tenho esse prazer — respondi com sangue-frio.

— E o "Dr. Antônio"?

— Que "Dr. Antônio"?

— O célebre gatuno.

— Não tenho dessas relações — respondi ao delegado.

Ele tirou do bolso a fotografia:

— É este.

— Ah! Quem diria! Fiz, olhando.

— É verdade. É até parecido com o senhor.

— Acha? Inquiri, pondo-me de perfil. Má parecença.

— Parece até seu parente...

— Calamidade!

— Seu irmão gêmeo...

— Oh! Também assim!

— Você mesmo, meu malandro.

Recuei com dignidade. Ele riu.

— Deixe de história. Tenho todas as informações da polícia de S. Paulo. Você nunca foi Artur Macedo, funcionário do Tesouro. V. é gatuno, conhecido em S. Paulo.

Encarei-o de frente:

— Que tem isso? Um homem pode muito bem ser gatuno em Londres e homem sério em Paris!

A frase fez fortuna. O delegado riu, levou-me bondosamente para a cadeia, onde estive três meses. Mas passei três meses admiráveis como fenômeno. Eu tirara num fotógrafo o meu retrato de chapéu alto, luvas e capa espanhola. O agente da estação pô-lo em lugar bem visível com um anúncio: o célebre "Dr. Antônio", que se acha preso na cadeia desta cidade. Os fazendeiros, divertidos com o retrato, não deixavam de ir ver-me. E conversavam comigo, riam, davam-me largos dinheiros. Deram-me tanto dinheiro que nunca, durante os meses que passei preso, comi a comida da cadeia.

Vinha sempre de fora, e, quando saí, tinha moeda farta para as primeiras despesas.

Esse caso dos fazendeiros que passavam por S. Carlos do Pinhal afirma bem alto a atmosfera de inteligência de S. Paulo. Eles sabiam distinguir o gatuno inteligente e, prendendo-me, não me queriam mal. As perseguições são para este Rio de Janeiro.

XXIX.

O coronel Numa

De volta de S. Carlos do Pinhal, instalei-me no Vista Alegre, em Santa Teresa. Ia se repetir comigo o caso da Bahia, o caso Catunda. No hotel, entre outras pessoas, estava o Sr. Barão do Castelo, que, além de muito dinheiro, tinha muitas joias. A senhora tinha coisas maravilhosas como arte de ourivesaria. Era uma pena pensar em desmontá-las... Apenas eu só me lembrava disso pelo valor das pérolas e das pedras preciosas.

Não me foi difícil fazer desaparecer grande parte delas num *après-midi* em que os barões recebiam visitas no salão do hotel. Foi uma obra rápida e brilhante, com a maestria de sempre. Para que não houvesse suspeita, devia partir para São Paulo por oito dias, deixei o hotel por outro cá embaixo, e fui logo levar os objetos a guardar a um indecente explorador dos gatunos na Rua do Senhor dos Passos. Que gente indecente essa e quanta fortuna há feita do produto de roubos! É simplesmente inacreditável. Os ladrões têm duas pragas, que não os deixam: os agentes e os compradores de roubos.

Dos agentes já lhes tenho dito assaz. Desses gatunos infames, que se enchem à custa do trabalho alheio, a história ainda está por fazer e seria um trabalho digno o dos jornais que desvendassem essas casas indecentes, as casas dos compradores de roubos. Por mais inteligente que seja o furtador, os bandidos não lhe compram um roubo nem pelo décimo do valor real. Nos primeiros tempos não os conhecia, ia às casas de penhor da Rua do Sacramento e pedia o máximo. Depois da primeira condenação desci a travar relações com tais sevandijas.

É um dos meios de regeneração da prisão... Sujeito preso fica mais do que nunca enleado numa sociedade de que é absolutamente impossível fugir. Que era eu? Um rapaz *chic* e inteligente que sabia entrar à noite nos quartos sem incomodar os hóspedes.

A que fiquei reduzido, depois da promiscuidade da Detenção e da galeria da Correção?

A um tipo pertencente a uma classe, sabendo calão, conhecendo achacadores e companheiros — enfim, uma praça, um soldado dos amigos do alheio. Mas que fazer? A estupidez da lei nivela o crime...

Assim, fui à Rua do Senhor dos Passos a um português sórdido vender imediatamente as joias. Ele não as pagou. Guardou-as para a avaliação. E eu fiquei girando até à noite para tomar um esconderijo. Fui hospedar-me no Caboclo. No dia seguinte, lendo os jornais, vi que me atribuíam o crime. Ou eu fugia ou me seguravam. Esperei tranquilamente a chegada do trem de S. Paulo e voltei ao Vista Alegre.

— O senhor? — fez o criado de olhos arregalados quando me viu.

— Que há nisso de extraordinário?

— Não partiu para S. Paulo.

— Fui e vim no mesmo trem.

— Olé!

— Mas esse seu pasmo...

— Não é nada não senhor.

Eu entrei. Na sala de jantar, um agente deu-me voz de prisão. Era o que eu tinha certeza, como sabia que a Central devia ter agentes à primeira informação levada à polícia. Assim, cortava o efeito de uma prisão que não podia deixar de ser transitória.

Desci e neguei tranquilamente ao delegado:

— O Sr. acha possível que, sendo eu o ladrão, tivesse deixado o hotel e voltasse vinte e quatro horas depois?

— Você é das arábias.

— Isso não quer dizer que seja um imbecil.

— Antes pelo contrário.

— Então.

— Você continua preso até confessar.

Claro que não confessei e que resisti ao próprio Barão do Castelo, assaz nervoso. Ao cabo de oito dias fui chamado à presença do coronel Numa Vieira, o escrivão bem conhecido.

— "Dr. Antônio", você vai confessar...

— É impossível, coronel.

— O Barão do Castelo é muito meu amigo e eu prometi que você entregaria as joias. Ele não faz questão do dinheiro. Apenas, entre as joias, há algumas de família, recordações. A baronesa tem chorado muito. O barão está aflito...

— Mas se não fui eu?

— Foi você, sim. Olhe, se você entregar as joias está solto.

— Coronel...

— Assim por assim, condenado você só pode piorar... Entregue as joias e eu dou-lhe a minha palavra como...

— Como...

— Mando-o pôr em liberdade.

— Coronel!

— Seu Maciel, eu não brinco. Não continue a fazer chorar uma senhora.

— Dá-me a sua palavra, coronel, que me solta?

— Pode ter a certeza.

— Então, dê-me um agente. Vou restituir as joias. Não posso saber que uma senhora chora!

Saí dali com um agente: quando entrei na casa do bandido e pedi para restituir-me as joias ele gargolejou:

— "Bocê" não me deu joia alguma!

— Hein?

— Estou a dizer-lhe que "non" me deu.

— Não dei? Ou você entrega já ou está preso. Vim com o agente. Confessei tudo.

— "Bocê" sabe que eu tenho o "mo" advogado.

— Então, depois o advogado tira-o. Por enquanto, a polícia vai passar-lhe uma revista na casa.

Estava com um ódio do tipo! Chamei o agente, que ficara à porta. O bandido, a princípio, tomou ares. Mas quando viu as coisas pretas, jurou que só guardara as joias porque aquele gatuno (eu!) o enganara dizendo serem da família etc.

— Sou um negociante honrado! Que "bregonha"! Elas estão aqui mesmo guardadinhas...

Quando ao cabo de uma hora as mostrou, graças ao agente, que o ameaçava com a Detenção e com uma história escandalosa de ladroeiras aos ladrões — vimos que já começara na sórdida casa de pasto ao desmonte das pedras. Eu roubara para dar ao patife! Se não tivesse o coronel Numa, quem ganharia seria aquele torpe explorador.

Felizmente não vendera ainda. Levamos as joias. O barão conferiu-as. Dois dias depois o coronel Numa punha-me em liberdade. Assim, tornei a sair de uma alhada pela palavra policial.

XXX.

O transformismo

Eu era tão conhecido na polícia como qualquer funcionário ativo. Tinha S. Paulo e Bahia e a cidade perfeitamente intransitáveis. Resolvi então a minha viagem a Pernambuco, onde roubava, sendo três homens, numa cidade pequena como o Recife: "Júlio Dória" comissões e consignações; Artur Pacheco, e o João... Estava num hotel de primeira ordem, num de segunda e numa sala velha que me davam umas mulheres numa rua mal frequentada.

— Como? Dirão.

— Plasmando apenas o meu corpo. É uma questão de exercício, de observação e de vocação.

Principalmente de vocação. Um sujeito ao natural custará a disfarçar o andar, que é por exemplo capital. Raros são os que não deixam transparecer, quando procuram modificar a marcha. Eu, porém, ando como um negociante levemente asmático, desses portugueses que discutem o *Jornal do Commercio* e são de vários centros. É de se dizer: lá vai um corretor de gêneros. Ando também com um andar desengraçado, de pobre-diabo trôpego que é de se clamar: coitado! E faço de *gentleman* ou de mendigo o dia inteiro sem discrepância. O andar, a atitude dos ombros, a expressão do olhar, tudo isso é definitivo. Uma barba e um bigode com um par de óculos azuis bastam para o resto.

O Recife é um lugar de gente inteligente, como a Bahia. Como o Rio. Como todo o Brasil, enfim. Eu passei lá dois meses roubando. Como Júlio Dória roubava nas cartas, como Artur roubava carteiras nos *bonds*, como o João era das mulheres.

Mas esses dois meses de Veneza Americana iam a aborrecer-me, quando, no movimento da Lingueta, eu soube que viria para o Rio, num vapor do Lloyd, um Sr. Cavalcanti, moço esguio com contos de réis em abundância, que fizera mal a uma rapariga no interior e vinha um tanto apressado. Em Pernambuco, essas coisas custam um pouco.

Preparei-me. Eram passageiros do paquete o Sr. Cavalcanti, o Sr. Júlio Dória e o Sr. Artur Pacheco, um cometa modesto, que por sinal não apareceu à hora de jantar e tinha a cabine defronte da do Sr. Cavalcanti, pegada à minha. O pessoal de bordo levara a mala da cabine de Artur Pacheco, vira Pacheco, recebera a passagem de Pacheco. Por consequência, Pacheco existia.

Como eu vinha de Pernambuco, fiz excelentes relações com o alegre Cavalcanti. Ele pretendia divertir-se muitíssimo no Rio, com os contos de réis que o pai lhe dera. Convidou-me para jantar, recusei.

— No fundo, estou contente — dizia ele.
— E a pequena?
— Tem uns irmãos terríveis.
— Pancadas?
— Tiros e punhais.
— Diabo!
— É realmente um pouco sério.
— Mas como acredita então que esqueçam...
— O tempo é tudo.
— Sim, de fato. É preciso dar tempo ao tempo.

Ficamos a conversar no tombadilho do navio até meia-noite. Descemos juntos. Entrei no meu quarto, abri uma caixa de papel, escrevi a seguinte carta em garranchos:

Sr. comandante.

Quando abrirem a porta do meu beliche já o navio estará muito longe de mim — porque dentro de alguns minutos terei saltado o óculo precipitando-me no oceano. Por que suicidei-me?, perguntará V. Sª. Podia não dar resposta. Mas é preciso que a minha vingança seja conhecida. Sou um homem bom e fraco, ofendido no que tinha de mais sagrado. Eu tinha um amor, Sr. comandante, que amor! Um miserável roubou-o. É esse patife que viaja a bordo chamado Cavalcanti.

Roubou-o arrancando a capela virginal da criança que eu idolatrava. Soube que ele embarcava, fugindo à ira dos meus cunhados futuros, e tomei lugar a bordo também para tirar uma desforra.

Era para esta noite!

Entrei no seu camarote, olhei-o — dormia. Tive um medo, um desfalecimento. Como vingar-me? Não o matei, mas tirei-lhe todo o dinheiro. E agora aqui, com o produto do meu roubo, atiro-me ao mar, dando-lhe pelo menos esse prejuízo e mostrando à minha noiva como gostava dela.

Adeus, Sr. comandante. Perdão pelo incômodo que lhe der. Procurarei abafar o meu último grito.

Artur Pacheco

Reli a maravilha. Estava assaz. Apaguei a luz e deitei-me. Uma hora depois, sentindo, através do tabique, Cavalcanti que roncava, levantei-me sutilmente e fui ao beliche de Artur Pacheco. Tinha a chave no bolso. Abri o óculo, remexi tudo estabelecendo a desordem, pus a carta em lugar bem visível, em cima da *toilette*, com o endereço ao comandante, tornei a fechar a porta à chave, guardando esta.

Ao sair, dei com a porta do beliche de Cavalcanti, apenas presa pelo gancho. Atirei lá dentro duas ou três pequenas esferas e entrei, tapando o nariz. Cavalcanti guardara debaixo do travesseiro a carteira com cinco contos e tinha ainda miúdos, um anel de brilhante, e um relógio.

Em seguida saí e três passos depois estava no meu beliche, onde dormi até às 10 horas.

A essa hora precisamente ouvi um grito lancinante.

— Estou roubado!

Era Cavalcanti que acordava.

Não lhes direi o seu desespero, o escândalo, o comandante querendo proceder a uma vistoria geral em todas as pessoas de bordo, quando o criado daquele corredor veio dizer que o passageiro do 20 não abria a porta e estava mesmo em frente à cabine do Sr. Cavalcanti.

O comandante desceu. Descemos todos. Batemos violentamente. Afinal, temendo uma desgraça, o comandante mandou pôr a porta embaixo. E deparamos com um triste espetáculo. A cabine vazia e em desordem, a carta ao comandante!

O lobo do mar pegou nela, trêmulo. Leu-a, murmurou:

— Matou-se.

— Como assim?

— Atirou-se ao mar pelo óculo!

— E era o ladrão? — indagou Cavalcanti.

— Era — respondeu o comandante indignado. — Explica o coitado, o louco, o pobre rapaz! por que cometeu esse crime que resgatou com a vida. Leia!

O Sr. Cavalcanti pegou na carta que lhe era entregue com evidente desprezo. Leu, releu, olhou os assistentes.

— De que escapei! — fez, rindo amarelo.

Mas ninguém ria. Os passageiros adivinharam uma tragédia. À tarde, não sei por quem todos sabiam os termos da carta. O Sr. Cavalcanti teve de não sair do camarim. Só eu o consolava de tempo a tempo. E fizemos assim uma viagem menos má...

XXXI.

O que faz o amor

Ninguém poderá pôr em dúvida a inteligência do suicídio de Artur Pacheco para empalmar os contos de réis do Sr. Cavalcanti. Apenas, quando se quer continuar a viver na mesma cidade onde correm vários processos contra nós — isso abusando da profissão que nos deu tais processos —, não há inteligência que escape.

Eu tinha positivamente sorte, mas os processos caminhavam. Foi quando lembrei que podia ser muito bem chefe dos agentes do Estado do Rio. Que agente inteligente e sagaz eu daria! Mas qual o homem assaz inteligente para me dar um cargo desses?

É verdade que um amigo do alheio já foi chefe do serviço de segurança de Manaus. Não sei, porém, se ao tempo dos Néri...

Para entreter-me aluguei uma casa na Rua Frei Caneca, em que eu era, para a vizinhança, ao mesmo tempo o patrão e o criado único. Fiz vir a essa casa várias *cocottes*, complacentes, e trabalhava com um cuidado extremo.

Foi quando me apaixonei por uma senhora da Rua do Riachuelo, senhora casada e bem na sociedade, com um número assaz grande de joias. Ela era loira, alta, grande. Chamava-se Artemisa. A princípio, rondei-lhe a porta do bonde. Em seguida, foi a pé. Interroguei discretamente, como criado, os fornecedores e os seus criados. Ela morava numa casa assobradada. De manhã saía o marido. Logo em seguida, as três filhas acompanhadas pela criada de quarto. A casa ficava toda aberta.

Soube um dia que o cozinheiro e o copeiro tinham saído e ficara só a criada. Ela, aliás, sem me dar importância, já me vira várias vezes na esquina, de chapéu alto e luvas, com um ar de *dandy* conquistador...

Resolvi então entrar de manhã e declarar-me. Eram nove horas da manhã. As meninas saíram com a criada e eu, resolutamente, entrei e bati. Não me responderam. Empurrei a porta de vidro e segui pelo corredor. Se viesse alguém, teria uma desculpa qualquer. A casa tinha o desalinho da manhã. Tudo desarrumado e escancarado. Vi assim o quarto de dormir com um guarda-casacas donde pendiam chaves. Olhei para todos os lados. Ninguém. Então, entrei e abri o móvel: vários vestidos e, embaixo, uma pequena caixa de joias. Aberta! Estavam ali todos os brilhantes! Que imprudência!

Pus então a caixa debaixo do sobretudo e saí calmamente, sem pensar em conquistas. Quando cheguei a casa vi que as joias valeriam talvez vinte contos e havia mais oitocentos mil réis em dinheiro. As joias eram quase todas de cravação antiga.

Voltei à noite a rondar. A casa de minha beldade estava fechada. No dia seguinte os jornais davam o roubo, atribuindo-o ao copeiro. A polícia estava em campo...

Coitada da senhora!

No segundo dia, como continuasse fechada a casa, interroguei os negociantes da vizinhança, arranjado de criado. E soube: D. Artemisa estava de cama, ardendo em febre.

— Por quê?

— Por causa do roubo.

— Ora!

— Sério. Ela estava no banho, no banheiro que fica no quintal, quando o copeiro, que conhecia os hábitos da casa, cometeu o roubo. Ao voltar ao quarto, dando por falta da caixa das joias, D. Artemisa caiu com um ataque.

— Vaidosa...

— Aquelas joias eram herança da avó e da mãe. Tinham para ela um grande valor.

— E o marido?

— É um homem muito bom. Só se incomoda com a saúde dela.

— E corre perigo?

— Pode morrer. Ao demais, a polícia não descobre nada. Agora mandaram agentes para Petrópolis...

Saí impressionado, tão bonita que ela era! E podendo morrer... Morrer por minha causa!

Pensei toda noite no caso. No dia seguinte, resolvido, e muito bem-vestido, fui à casa da doente. A porta estava fechada. Bati. Veio a criada.

— O senhor está?

— Está, mas com a senhora doente.

— Por isso mesmo venho. Peço o obséquio de dizer-lhe que me receba. Trata-se do roubo.

Minutos depois, estava na sala de visitas. E aparecia o marido, com um ar abatido.

— V. Exª desculpe. Sei que foi roubado e que sua esposa acha-se com o choque gravemente doente.

— De fato.

— Interessa-me o caso.

— Obrigado.

— E vinha propor-lhe encontrar as joias.

Ele sorriu:

— Agradeço muito. Mas desconfio que as encontre. Já recebi a visita de quatro ex-agentes...

— Não sou agente. Tenho apenas condições.

— Às suas ordens.

— Não recebo um níquel de remuneração, se as encontrar. Deve guardar o maior sigilo, principalmente com a polícia, que só serve para complicar e atrapalhar.

— É um "detetive" amador.

— Sou e não sou. Preciso ver sua senhora e dizer-lhe de viva voz que terá as joias. Não a conheço, mas sou médico e sei que a minha afirmação deve fazer-lhe bem.

Ele teve uma breve hesitação, foi ao quarto. Voltou.

— Aqui está Artemisa...

Eu dei dois passos e, vendo a linda criatura abatida entre os travesseiros, assegurei:

— Minha senhora, reaja e espere. Dentro de quarenta e oito horas terei seguro o copeiro.

— E as joias?

— Trá-las-ei em pessoa. Tenha fé.

— Obrigada, fez ela sorrindo tristemente. Ficar-lhe-ei eternamente reconhecida.

Saí, tomei o carro que me esperava à porta.

Estava resolvido. No dia seguinte escrevi ao marido um bilhete breve, marcando-lhe um encontro no chafariz do Lagarto, às 8 horas. Ele foi só. Cheguei e disse:

— A polícia?

— Nada!

— Contou-lhe o meu caso?

— Nem uma palavra.

— A Exma. esposa?

— A esperança tornou-a ainda mais nervosa.

— Não receba ninguém amanhã da polícia.

— Já não vão lá. Está passado.

— Em todo caso...

— Será obedecido.

— Sei a toca do ladrão e pego-o hoje. As joias, tê-las-á amanhã.

No dia seguinte, bati lá às duas da tarde. O marido não estava. Mas D. Artemisa mandou-me entrar para o próprio aposento.

— Então, fez...

— Calma, minha senhora...

— Eu bem sabia que era impossível.

— Acha? Com algum tempo...

— Nunca mais...

— A sua dor passará.

— Não diga! Não diga!

E rompeu aos soluços enterrando a cabeça no travesseiro. Então eu tirei (com que custo, alma de "Dr. Antônio") a caixa do sobretudo, depositei-a na cama e, pegando na mão da senhora, disse:

— Olhe...

XXXII.

Outra vez preso...

É de imaginar o contentamento de D. Artemisa quando viu as joias.

— O senhor! Foi o senhor!

— Que não faria eu para vê-la boa!

— Mas como foi?

— É simples. O copeiro, infame gatuno, ao sair daqui não sabia como vender o roubo. E foi-mo vender no próprio dia em que os jornais noticiaram o fato. Eu lera nos jornais. Ele queria cinco contos.

— Elas valem no mínimo vinte!

— Combinei comprá-las e vim cá ter a certeza.

— Duvidava?

— Oh! Não. Mas quando soube que a senhora estava doente perdi a cabeça. Ou pego o malandro ou...

— E pegou?

— Combinara comprá-las ontem, indo ao túnel do Rio Comprido. Fui só. Se fosse acompanhado, ele, de alcateia, decerto não teria aparecido. Quando chegou, tive um suspiro, e ali mesmo contamos o que ele me mostrara da primeira vez. Não faltava nada. "Agora", disse ele, "dê-me os cinco..." Peguei da caixa e tirei do bolso da calça o revólver: "Ladrão! Estás preso". "Hein?", berrou ele. "Em nome do chefe de polícia." "Deixa ver a caixa."

"Segue, ladrão de D. Artemisa. Eu sou agente de polícia. Estás preso..."

— Meu Deus!

— Ele avançou e eu fiz fogo. Então o negro...

— Mulatinho, Dr...

— Sim, o negro, pelo menos no instinto, deitou a correr e eu voltei com a carga preciosa, que deponho a seus pés. Peço-lhe apenas que não diga a ninguém e principalmente à polícia como as pôde reaver.

— Fique certo...

— Às suas ordens.

— Não o teremos para jantar?

— Agradecido.

— Então amanhã...

— Virei saber notícias suas...

— Doutor, quanto lhe devo...

Apenas, ó romance da vida, tendo jantado lá e estando as coisas tão bem, eu tinha de roubar num hotel um tal Raul, proveniente de Barra Mansa, cavalheiro sem nenhum interesse. Era delegado o terrível Lafaiete das Chagas, e outra vez eu fui preso e outra vez condenado. Era em 1895. Tinha três anos e meio a cumprir de pena. O crime de 1892, de que saíra com fiança, tinha o processo em andamento. Fui condenado em 1896 por essa suspeita de quatro anos antes.

Advogados, agentes, todos exploravam-me. Eu negava. Puseram na Detenção um agente fingindo de preso no mesmo cubículo que eu. Levou assim quatro dias a ponto de eu pensar que ele era mesmo ladrão.

— Por que estás preso?

— Por uma tentativa de roubo do Dr. Isidro de Vila Isabel.

— E foste tu mesmo?

— Que te interessa?
— Nada.
— Então cala-te!

Depois, na quinta noite, roubou-me uma calça, no meu cubículo! Fiz um escândalo terrível, encontraram a calça, menos 100$000 que eu tinha nela, e ele seguiu com oito dias de solitária. Quando voltou, eu não tinha mais dúvida de que ele fosse gatuno.

— Queres ser meu amigo, "Dr. Antônio"?
— Vá lá!

E ele combinava roubos para quando saísse, dava planos, contava histórias. Eu não tinha a meu lado o "Dr. Antônio", estava só Artur Maciel, e, por consequência, o homem capaz de ser enganado. Dois dias depois, contava-lhe como tinha operado no caso do Raul.

À hora da boia, ele disse ao chaveiro, erguendo-se:
— Pode abrir.
— Então?
— O homem confessou.

E saiu. Foi só então que vi que o patife me embrulhou. Mas ainda resisti. A confissão não tinha o menor valor porque era sem testemunhas. Em vão. Fui condenado.

Quando vi a Correção abrir-se para eu entrar o guarda disse:
— Seja bem-vindo.
— Não diga isso.
— Quantos anos?
— Quase sete.
— Não vês o século novo na rua.
— É destino, não ver os grandes acontecimentos no olho da rua.
— Mas sais regenerado.
— Se não morrer, fiz com hipocrisia.

E tornei a ser apenas um número. Durante esse longo período, só não morreu a minha fama. Essa persistiu, continuou, conservou-se, irradiou. Outros deram para "fazer" hotéis. Mas eu fiquei como exemplo. Lembro-me que durante o longo período de cárcere caiu-me nas mãos um jornal qualquer, onde havia uma notícia de roubo em hotel. E o *reporter*, decerto novato, escrevia: "Há sérias suspeitas que seja a autoria do famoso 'Dr. Antônio' "...

Cosi, il mondo!, como diz Mefistófeles no *Fausto*.

XXXIII.

O raio

As impressões desse longo tempo de cárcere? Interessará aos leitores, ao público a história de um pobre homem preso seis anos? Devo dizer que neste período de tempo, assaz doente, perdi a preocupação da rua e da liberdade. Habituei-me, eu, o elegante rapaz tão bem lavado e posto. Muitos acreditam a prisão para todos um motivo de desespero, e julgam a totalidade dos presos a olhar o céu, dizendo:

— Lá fora! A rua!...

Alguns morrem por não poder estar em liberdade. Não há dúvida. Outros, porém, acostumam-se e só se esforçam para não ter castigos. Sou de um natural doce. Tornei-me de açúcar em calda. As palpitações, a doença de coração aterrorizavam-me.

— Se eu morro aqui...

Então, com medo aos castigos, fazia o possível para ser amável e suave.

Um belo dia, porém, já havia anos que eu levava aquela vida, tendo apenas o alívio de, de vez em quando, baixar à enfermaria, quando um guarda nervoso deu-me uma pancada.

— Bruto! — exclamei.

— Hein?

— Bruto, sim!

— Vou dar-te o bruto.

Os outros condenados que estavam em linha abriram a falar. Eu, de súbito, caí em mim. Mas era tarde. O guarda deu queixa de que eu pretendera levantar os companheiros. Apesar do disparate da coisa, o diretor deu-me, como corrigenda, quinze dias de cárcere chamado "O Raio"...

O Raio! Não pensem os senhores no Raio. É uma cela preparada com sal nas paredes feita especialmente. É baixa, escura e as paredes porejam umidade. Uma bilha d'água, um pão quando vem a treva — e só! Quando se entra, e pelo bater das correntes sabe-se que o guarda partiu, vem um enorme desespero. Então levantamo-nos a custo, apalpamos as paredes que dessoram. Um frio que chamarei de abafado dá-nos a impressão de um mergulho num líquido estranho.

— Meu Deus!

E ficamos. Deitamos, rolamos, roemos a pedra. Não gritamos porque seria pior. Ninguém viria em nosso auxílio e o castigo seria muito maior...

Depois é um esforço para dormir, para dormir todo aquele tempo. Apenas como a noite é sempre a mesma, eterna, contínua, o sono torna-se breve, com constantes interrupções. E sempre que acordamos, uma dor geral prende-nos os ossos. É o reumatismo...

Dentro daquele raio há um polvo. E, viscosamente, grudado nas paredes úmidas, o tremendo ancilosamento. Agarra um braço, dobra, agarra mais logo as costas, prende daqui a pouco uma perna. Da posição, uma dor persistente instala-se na espinha, parece quebrar a nuca. E fala-se baixo, só para ver se ainda é possível falar, canta-se cantigas...

— Eu tenho pernas, eu posso andar... Lembras-te, querida, do nosso amor?...

E o polvo aperta mais os nossos ossos. Que dia será? Quantos dias terão passado? Um, dois, cem. Passaram! Passaram! Não há mais tempo! Não há! É o fim do mundo para um pobre-diabo enquanto a cem metros o povo pandega, há luz, alegria, movimento! É preciso regular a existência pela vinda do guarda que traz a água e o pão duro...

— Que fizeste tu?

— Aliviei gente rica de alguns cobres que não lhe fizeram falta!

— Toma o Raio!

Como, depois desse tormento, ainda ter contemplação com a sociedade, como pensá-la boa e acreditar na fraternidade? Mas a fraqueza, a falta de alimento, o horror daquele ambiente para a minha moléstia de coração, davam-me desmaios, delírios, e eu, crivado de dores, rolando no chão molhado chorava a cada crise:

— Vou morrer! Vou morrer!

De uma das vezes em que desfaleci, ao despertar achei-me na enfermaria.

O guarda encontrara-me desmaiado, e o médico, que por acaso estava, medicava-me dizendo que quinze dias seriam a minha morte...

Tornei-me então de cera. Era uma coisa que não queria morrer e estava a morrer...

Quando, após 6 anos, no ano de 1904 me trouxeram a liberdade, abri muito os olhos.

— Está livre.

— Hein?

— Pode sair.

— Sair?

— Sim...

— Para quê?

Sinceramente. Não sabia mais o que iria fazer na rua. Sobre a minha prisão, um século passara. Eu era do outro século.

Mas de repente, quando vi o alvará de soltura, um violento arranco sacudiu-me o peito. O corpo de Antunes Maciel tinha de novo alegre e feroz a alma do Dr. Antônio.

— Uf!
— Está contente?
— Nem se pergunta.
— E que vai fazer?
— Ver se me dão os meus dinheiros, e "trabalhar".

XXXIV.

A corrente...

Os senhores não sabem o que é a corrente. A corrente é a ligação invisível que, uma vez entrando na Correção, o condenado traz por toda a vida. Um homem condenado está preso toda a vida. É uma absoluta fatalidade. Saindo seis anos depois, pensei estar um pouco esquecido. No primeiro dia encontrei logo um agente:

— Ó "Dr. Antônio", você por aqui...
— É...
— Passa algum.
— Ó filho, saí ontem!
— Regenerado?
— Vou fazer o possível.

Eram os velhos conhecidos que começavam a exploração... Eu, de resto, estava como nunca, com uma perfeição, uma maestria dignas de assombro. Hospedei-me logo em três hotéis. Mas por tempo breve. No Belle-Vue, furtei um dia depois de deixar o hotel. Fizera o reconhecimento e no dia seguinte entrei naturalmente.

No Guanabara, porém, lembraram-se de saber ao certo quem eu era e prenderam-me. Prenderam-me e condenaram-me. Passei três anos e meio outra vez. Saí. Estive apenas quatro meses solto — porque, tendo feito nesses quatro meses uns vinte contos, tive a infelicidade de ser suspeito no Glória, no Bela Vista — por uma insignificância de 900$000.

Conto nestas minhas memórias apenas os episódios interessantes. Não repetirei os processos de roubo simples. Nada mais fácil do que roubar quando se é inteligente. E nada mais difícil e arriscado quando se toma essa profissão sem outro título. Porque com outro título quase nunca há o perigo da cadeia.

É claro.

Ninguém me comparará a um batedor de amostras. Ninguém também se lembrará de mim, diante de um estadista prevaricador. Há uma escola ascendente na ladroeira. Eu sou o meio-termo.

Mas, contando os episódios capitais da minha vida, ou antes, apenas indicando-os, não sei se lhes contei uma estadia no Internacional em que esvaziei a carteira de oito hóspedes, inclusive a do Conde de Passo de Arcos e a do gerente do hotel. Foi uma semana diabólica. Eu tinha uma vertigem de destruição, e, após os roubos, continuava no hotel.

Essas ousadias, preso à corrente da prisão, que mesmo solto me acompanha, já parecia não as possuir mais. A moléstia de coração obrigava-me a não ter mais esperanças.

— Então, agora, quando saíres...
— Agora não posso mais nada.
— Que vais fazer?
— Vou para o interior. Compro um sítio e viro agricultor.
— Qual!
— Por quê?
— Você mesmo?
— Há tantos que se regeneram!
— Lá isso é verdade.
— Então?

Passei principalmente parte do tempo de condenação na enfermaria, esperando o dia em que o coração rebentasse. E, como das outras vezes, o "Dr. Antônio" me tinha abandonado à porta da cadeia. De modo que eu era apenas o Antunes Maciel, ou antes um número de prisão, bom e doce.

Imaginem no cárcere, só ouvindo coisas de crimes, combinações para quando saíssemos, histórias inverossímeis de assaltos. Lá dentro é como uma necessidade a vingança.

— Quando saíres...
— Vou trabalhar.
— Idiota. Tenho um plano.
— Qual?
— Um assalto ao Visconde de Morais...
— Esse nem dinheiro traz na carteira...

Mas havia outros menos bobos nos planos, arrombadores, que guardavam por inteiro a planta das casas que pretendiam assaltar. Só há um ladrão sinistro — o que mata. Os outros ou são doentes como eu, vítimas de uma terrível nevrose, que lhes aplica a inteligência para essa sutileza, ou pândegos ociosos, que roubam para viver. Nunca ouvi uma narrativa de roubo sem que o autor não a contasse a rir. No momento há o susto. Mas depois os nervos relaxam e eles riem.

Confessar é que é o diabo. A polícia, por exemplo, persegue-me. Sei de ladrões de casaca que há quatro e cinco anos roubam nas melhores rodas, sem que nem neles paire sombra de desconfiança.

Principalmente os estrangeiros têm para isso uma sorte especial. Eu podia dar os nomes.

— Por que não dá?
— Seria um crime inútil.
— Como assim?
— Não me adiantava nada, e era um mal para os outros.

Ninguém deixará de louvar essa minha atitude. Mas o fato é que eu ansiava pela liberdade para descansar de tudo isso, desse inferno de medo da polícia e da cadeia, desse tormento indizível da corrente...

Ver-me sem a corrente! Poder circular sem o receio dos agentes! Não temer mais delegados! Não ver mais a Correção! Não ter mais a prender-me a terrível corrente...

Tinha apenas, para sugestionar-me, um companheiro de cárcere, homem sério e honrado, preso por outros motivos, e com ele combinara até ter o seu auxílio quando saísse da cadeia sem recursos.

E saí. Era o último ato da minha vida. Estávamos em... 1911.

XXXV.

Numa pensão de estudantes, quatro dias

Conheci o bom capitão Pereira da Silva na prisão. Em vez de combinar comigo maroteiras, como faziam os outros, o capitão, solenemente, dava-me conselhos:

— Você não pode continuar nessa vida...

— Mas, capitão...

— Não é possível. Torna a ser preso, e você, doente, não resiste.

— Realmente estou doente, dizia eu passando a mão pelo lado esquerdo do peito onde o coração dava pulos.

— É preciso ver isso. Você caindo aqui outra vez...

— Então, quando eu sair?

— Trate de arranjar a sua vida, de obter um emprego modesto.

Eu sorria enlevado. Um emprego modesto! Devia realmente ser muito engraçado. Mas conhecido da polícia como era, poderia obter um emprego, mesmo se quisesse, para trabalhar honestamente? Absolutamente não. Eu, à porta de uma loja, era a certeza plena de que o negociante estaria sabedor da minha vida. E como os negociantes em geral não acreditam em regenerações, eu estaria no andar da rua. E um sabendo, todos logo saberiam...

Assim, em qualquer outra profissão que desejasse seguir — realmente um pouco tarde porque tenho precisamente agora 46 anos. E depois, é preciso dizer, para provar a minha regeneração, eu precisaria de uns cinco ou seis anos de luta contra os agentes e os delegadinhos novatos.

Qual o agente, que me vendo, não me "morderia", ou não me levaria até o "xilindró" por qualquer suspeita, certo de que só o meu nome daria no dia seguinte uma famosa notícia nos jornais? Qual o delegado que me deixaria numa casa a trabalhar sem o apetite de uma "fita" de escândalo?

Nunca fui apanhado em crime algum. Perante a justiça sou, de fato, inocente. Entretanto, quantos delegados já me pediram para confessar, para fazerem bonito? Sou bom rapaz, no fundo...

A essas reflexões, o capitão Pereira da Silva dava-me conselhos ainda. Deixasse essa teimosia de viver no Rio; o Brasil era grande, muito grande...

— Estou com vontade de ir para a roça...

— É isso, descansa...

— Saindo daqui, sem recursos...

— Vai para minha casa; tem lá um talher à minha mesa...

O capitão Pereira da Silva é um coração. Então, quando saí da prisão, fui ter com ele na Rua da Lapa, nº 56. Era uma pensão, onde a maioria dos fregueses era de estudantes. Pereira da Silva recebeu-me muito bem, e apresentou-me como um amigo do interior que vinha ao Rio fazer uma operação. Eu comia calado, a um canto. Uma das minhas qualidades físicas é não dar na vista, não ter cara de cartaz, uma individualidade facial muito acentuada. Posso passar por mendigo, por italiano mascate, por turco, por judeu de joias, por empregado da polícia, por magistrado, por homem da roça, por homem elegante, por funcionário público sem que os sujeitos me apontem e digam:

— Lá vai um mascate, lá vai um funcionário público!

Essa qualidade, bem aproveitada, é preciosa. Há pessoas que dariam na vista de qualquer modo: o Dr. Lopes Trovão, o Dr.

José Mariano, a Pepa Ruiz. Há outras que passam despercebidas: o Dr. Chico Sales, o vice-presidente Venceslau Brás, que é, aliás, uma das fisionomias mais simpáticas que eu conheço, o falecido Floriano Peixoto. Floriano era de tal forma, que, tendo retratos em cada vitrine, saía e ninguém o conhecia, quando ele não queria. Assim eu, com retratos na Rua do Ouvidor, saía tranquilamente, continuava nos belos centros, e, fora a polícia dos secretas, bem poucos atinavam que aquele homem era o do retrato tão espalhado.

Na pensão do capitão Pereira da Silva, por consequência, os estudantes tomaram-me por um homem doente que vem de fora fazer uma operação. Eu apenas comia lá e dormia fora.

No segundo dia, porém, ia indo pela rua quando ouço uma voz:

— Bom dia "Dr. Antônio".

Era um agente.

— Já na rua?

— É verdade, e doente...

— Nada de grupos.

— Palavra.

— Passa algum.

— Não tenho. Não faço mais isso.

— Estás aqui, estás na "cana". Não sou "otário".

— Oh! Homem, eu saí ontem, deixa-me respirar. Ainda não fiz nada.

— Olha que tenho os "lúzios" grudados em ti.

— Para a cadeia ou para outra coisa?

— Como quiseres.

Vi que estava mal se continuasse no Rio. Eu estava num hotel modesto, onde dormia. Mas comia na pensão e bastaria a imprudência de uma palavra de agente a um estudante — para que a casa de um homem bom e sério ficasse sem freguesia. Fui a eles.

— Parto amanhã.
— Vai para a roça?
— Vou.
— Adeus, Maciel: tenha juízo.
— Vou procurar ter, capitão.
— Não há quem não possa endireitar, a questão é de força de vontade.
— Prometo, capitão.
— Adeus, seja feliz.

Saí contente comigo mesmo. Assim agia o meu eu bom. Mas devo dizer o que se passava dentro de mim. Sou sincero.

XXXVI.

Como tive de partir para S. Paulo

Depois do que venho contando do cárcere, do meio de perdição que é a cadeia, do ambiente sinistro e irrevogavelmente infame, hão de imaginar o que eu, com uma moléstia de coração grave, não sofri, e os desejos de liberdade. Liberdade para o descanso, para poder recuperar a saúde aí no sertão, num lugar ignorado... Saí humilde e simples da Correção. Eu sou, aliás, muito bom.

Mas quando pus o pé na rua, senti-me de novo como retomado.

Explico. A cartomante tivera razão. Um ocultista poderia explicar melhor esta minha fatalidade. Porque é uma fatalidade que toma o meu corpo, apossa-se de mim e faz outro homem. Eu aqui, escrevendo estas memórias, estou doente e cheio de desilusões. Estava assim na Correção. Pus o pé na rua. O outro eu tomou conta de mim, endireitou o chapéu alto, abotoou a sobrecasaca e seguiu — "Dr. Antônio", satânico, sutil, diabólico...

Muitas vezes, ponho-me a olhar a minha cara no espelho.

— E é este! E é ele!

Estou admirado de mim mesmo, isto é, do outro que toma conta do meu corpo.

Certo, as ciências ainda hão de evoluir muito, modificando a compreensão do direito criminal. A medicina legal já o transformou assaz. Mas a soma de outras conquistas científicas ainda há de transformá-lo mais. No dia em que a psicologia ocultista for aceita, meu caso, por exemplo, não será considerado vulgarmente. Eu condenado por tentativa de furto? Eu condenado por provado roubo? Mas eu sou um "escrunchante" ou um "punguista" vulgar, eu sou "ladrão"? É preciso ser integralmente obtuso para me comparar a qualquer desses cavalheiros. Eu sou diferente. Senhores do meu corpo há um Arthur, o rapaz ocioso filho de boa família, um pouco vaidoso e femeeiro, e outro, o "Dr. Antônio", diabólico, ousado, fantástico. É o "Dr. Antônio" que me perde, que me arrasta.

Quero resistir, negar-me. Ele vem, toma-me e começa a fazer agir o meu, digamos antes, o nosso corpo.

Como seria interessante para um médico psiquiatra o estudo desta dupla personalidade que sinto em mim. Talvez um Ribot escrevesse a respeito — ele que escreveu aquele livro fundamental sobre as alterações da personalidade!... Mas, no cárcere, os juízes julgam a gente pelo código, sem ter tempo de ver. Julgar através do cárcere, conforme o código, é como um médico que receita conforme a moléstia indicada sem ver o doente!

Saí, pois, da Correção a 16 de junho. E logo, imediatamente, ao deixar a porta desse estabelecimento, Arthur ficou anulado, o "Dr. Antônio" começou a agir.

— Vamos para um hotel.

Poderei contar as discussões que eu e o "Dr. Antônio" temos tido dentro de mim? Vinha sequioso de liberdade e extraordinariamente fraco e tímido. Receava, antes de tudo, perder o ar livre, o *plein air*, que é uma coisa séria, tanto em pintura como na vida. O "Dr. Antônio", porém, que não entra na cadeia e fica de fora rindo, quando saio, é capaz de todas as coisas.

— Vamos para um hotel.

— Eu preferia ir para a casa daquele amigo.

— Abusaremos desse amigo depois.
— Mas eu não posso, "Dr. Antônio".
— Cale-se!
— Mas eu quero ir para a roça.
— Talvez. Precisamos primeiro ir a S. Paulo.
— Para quê?
— Desejo. Quero conhecer o Trad.
— Que Trad?
— O que matou Farhat e o meteu dentro de uma mala. Foi condenado.
— Mas como?
— Como um homem digno de respeito.

Não resisti mais. Estive quatro dias no Rio e parti para S. Paulo. Eu consegui ir para um hotel barato. Mas o "Dr. Antônio", que tenho dentro de mim, andava de chapéu alto, luvas e só de carro. Teria "trabalhado" o "Dr. Antônio"? Com certeza. Mas coisas sem importância. Porque o "Dr. Antônio" não está bem quando um dia deixa de exercitar-se. O fato é que eu partira daqui com um italiano explorador. Sempre o meu bom coração! Ele não fazia nada, e o "Dr. Antônio" "trabalhava" para os três.

Uma vez fui ao Banco Alemão trocar uma nota de 500$ da Caixa de Conversão, quando vi um rapaz loiro que recebia 36 contos de réis. Vi-o contar o dinheiro e trancá-lo numa pequena valise. Ele deixou a valise no balcão, conversando com um amigo. Olhei-os, olhei a valise. Se tivesse um sobretudo, a valise seria minha. Mas não trazia comigo este instrumento. Então o "Dr. Antônio" dialogou com ele:

— Quereria ter a bondade de trocar-me esta nota?
— Com prazer.

Fez o troco.

— Muito obrigado a V. Exª.
— Não há de quê.

Saí, esperei o feliz possuidor de tão grande quantia. Ele não tardou e dirigiu-se a pé para a Rôtisserie Sportsman. Entrei na Rôtisserie e, chamando o *chasseur*, entreguei-lhe um dos meus cartões:

```
Júlio Dória

Estancieiro


RIO GRANDE DO SUL
```

— Pergunte ao gerente se tem um quarto. Vá.

O *chasseur* voltou:

— O Sr. gerente manda dizer que sente muito. Estão todos tomados e há gente até nos corredores.

— Lamentável.

— Mas dentro de dois ou três dias V. Exª poderia...

— Bem, volto amanhã.

Saí; era um contratempo. Voltei no dia seguinte, de carro. Não havia ainda.

Então meti-me no *coupé* e ordenei ao cocheiro:

— Casa de Detenção!

Ia visitar a Detenção de São Paulo como *touriste*.

XXXVII.

De como um gatuno elegante, sem mudar de cara, visita a detenção, onde esteve, e é recebido com todas as honras

Quando o meu carro parou defronte da Detenção, não tive a menor comoção. Era por estar habituado?... Mas é preciso acentuar que eu, Arthur, ia à força e que só o "Dr. Antônio" conduzia o nosso corpo comum. Saltei, pois, com uma grande despreocupação, entrei, desejei falar com o carcereiro ou o administrador.

— Quem devo anunciar?

Achei imprudente dar um dos meus nomes e lembrei o de um antigo juiz.

— Não trouxe cartão, respondi. Mas pode anunciar o Dr. João Rodrigues da Costa, secretário da Corte de Apelação do Rio de Janeiro.

Dois minutos depois eu era introduzido na sala e um cavalheiro afável vinha ao meu encontro:

— O Sr. Dr. Rodrigues da Costa, secretário da Corte de Apelação do Rio?

— Exatamente. Estou a passeio neste formoso S. Paulo. E, como S. Paulo sabe ensinar ao Brasil em coisas de administração e de serviços públicos, ando aproveitando o tempo e aprendendo.

— Bondade de V. Ex.ª

— A expressão da verdade, apenas.

Sentamo-nos, falamos de S. Paulo. Conversamos um pouco de criminosos, de sistemas penitenciários. Mostrei, com prudência, um verdadeiro conhecimento. Eu defendia a lei do *sursis*, falava da inevitável escola de crime que tem de ser a Detenção, acentuava como a ociosidade prepara para a infâmia, falava da situação da casa de Correção.

— O Dr. Rodrigues Costa conhece bem.

— Oh! Há quanto tempo labuto na carreira.

— Que carreira?

— Na carreira judiciária. E é aí que estamos perto dos delituosos, entre a sociedade e o criminoso. Sr. doutor, aqui para nós, precisamos reformar muito.

— É a vida...

— E mesmo a ideia que fazemos do criminoso. Talvez por isso é que desejava muito conhecer de perto o Trad.

— O assassino do Farhat? É muito difícil.

— Por quê?

— Ele recusa receber qualquer visita. Sente-se vexado.

— Foi um belo embrião de crime.

— V. Exª chama embrião?

— Se não floresceu?...

— Em todo caso, vamos fazer uma visita à prisão...

Neste momento apareceu o vice-diretor da Penitenciária, que ficou encantado por fazer o meu conhecimento. Eu sorria satisfeito. Decididamente nasci para viver entre gente de bem. Decidi-me pois a ir fazer a *tournée* dos grão-duques na masmorra. Confesso que, ao iniciá-la, passou-me um arrepio pela espinha.

E se há aí dentro algum conhecido?

Era eu inteiramente perdido, e não sairia daquela desagradável moradia. Mas quem não arrisca... E depois, estava tendo com a visita um extraordinário prazer. Que cara teriam feito aquelas autoridades se de repente alguém lhes viesse dizer:

— Vocês conversam com o "Dr. Antônio"!

Para ver que tudo no mundo não passa de uma ilusão...

A visita começou pois. Quantas visitas iguais tinha eu visto em várias cidades de dentro das grades! A impressão é muito diversa. Quando se está preso, uma visita nos alvoroça ou nos causa ódio. Quando se visita, faz-se a coisa como quem dá um passeio. É curioso.

Aproveitamos um pedido que Trad fizera para falar ao vice-diretor da Penitenciária e fomos apresentados. Trad foi delicado, mas seco. Não gostava de estar ali. A curiosidade alheia incomodava-o. Mesmo a dos amigos — porque fazia-o lembrar os tempos de liberdade.

— Mas já foi condenado?

— Já.

— Então desejava?

— Uma prisão no interior para ficar esquecido.

Notei muito bem:

— Mas como o Sr. tem a cumprir uma grande pena, talvez as prisões das cidades do interior não ofereçam garantias...

— Como?

— Para uma forte tentação de liberdade.

— Não, estou calmo. Fui condenado, cumprirei a pena.

As autoridades tinham no olhar uma simpatia evidente pela rijeza de caráter que o meu diálogo revelava. Em frente da célula de Trad estava a do prof. Bonilha, o marido da senhora que matara em desafronta da honra. Conversamos também. E assim fui percorrendo as galerias.

Como acontece sempre nessas visitas, seja em que prisão for, apareciam presos ao serviço da casa trazendo a comida para vermos a sua excelente qualidade.

— Veja, Sr. Dr. Rodrigues.

— Ótimo, de primeira ordem.

Depois apareceu uma salva com café. O café era realmente magnífico. Tomamo-lo com prazer:

— Mas que bom café bebem os senhores!

— É o mesmo que é servido aos presos.

Por longa experiência eu sabia que aquilo era "força de expressão". Então, como estivéssemos diante de um cubículo, olhei um dos presos:

— Parabéns. Bebe um esplêndido café.

— É, não é muito mau, fez ele desconsoladamente, lembrando-se da água suja que naturalmente ingeria todos os dias.

Mas visitamos todo o estabelecimento. Eu trazia a mão direita calçada de luva de pelica e brincava com a outra olhando atentamente e fazendo reflexões.

Terminada a visita, prometi voltar no dia seguinte. As autoridades trouxeram-me até à porta. O carro avançou. Trocamos ainda opiniões sobre o crime e a psicologia de Trad, que é inteligente.

Então, sorrindo e estendendo a mão a tão distintos cavalheiros, resumi com ironia:

— Afinal, depois de observar muito, o Brasil está na infância de todas as coisas. Não temos ainda ladrões; temos ratoneiros...

Saltei para a carruagem, que partiu devagar. E, recostado, eu ria silenciosamente daquela visita, pensando nos 36 contos do Banco Alemão.

XXXVIII.

Derradeiro episódio amoroso

Ao cabo de três dias, entrando na Rôtisserie Sportsman, o *chasseur* disse-me:

— Afinal, V. Ex.ª tem um quarto.

Mudei-me horas depois e comecei as minhas observações naquela sala de baixo, tão suja, do ex-Hotel de França, onde as moscas não deixam de ser abundantes, e pelos corredores e quartos. Mas, do meu homem dos 36 contos, não havia nem notícia. Desaparecera. Por não haver cômodos, deixara de travar relações com ele. Com certeza partira para o interior.

A mim convinha-me muito continuar na Rôtisserie. Fui de um comportamento exemplar aí. De resto, seriam pequenas somas a recolher. O trabalho de rato de hotel é assaz arriscado, mas relativamente fácil. Eu nunca usei arma de nenhuma espécie, nem gazua, nem outro qualquer instrumento. Mas os quartos andam abertos. Ao atravessar aqueles corredores, lembrava-me de uma vez, há anos, em que tomei a um co-hóspede dinheiro e joias. Era o Hotel de França. O hóspede fez um grande barulho. Eu, que estava no meu quarto, saí com as joias e no primeiro quarto que encontrei aberto entrei e meti-as entre os colchões da cama.

Minutos depois entrava a polícia e começava a sua ação.

Consideraram-me suspeito, fizeram a violência de revistar-me, encontrando-me três notas de 500$ e três de 200$000.

— São minhas! — bradou o sujeito.
— Seu este dinheiro?
— Mas eu tinha essa quantia.
— Perdão. Sabe o número das notas?
— Não.
— Então não tem provas, disse o delegado.
— É, de resto, uma infâmia, porque não tenho as joias.

Realmente, preso eu por suspeito, encontraram no quarto vazio as provas, isto é, as joias, o que colocou o patife do proprietário em más condições. Pois esse patife fez o possível para eu ser condenado. E fui. Aqueles corredores nada me diziam de muito agradável. Quartos abertos!...

Mas hoje, mesmo os quartos fechados podem ser esvaziados, continuando fechados. É o invento de um conhecido ladrão, de ofício bombeiro, hoje, dizem, regenerado e empregado na Light. Chama-se a chave-bomba. Nada de explosivo. É um instrumento em forma de canudo. Introduz-se na fechadura, aperta-se a mola e ela se prende à chave que está do lado de dentro (quando a chave está) ou dá volta à mola da fechadura.

Terminado o trabalho, torna-se a fechar a porta.

De como a profissão tem tido adiantamentos, prova-o a chave-bomba. Mas não era preciso. O descuido dos habitantes de hotel é realmente digno de assombro, porque — coitados! — também deixam os valores à vista.

Podia fazer muita coisa na Rôtisserie. Procedi como um *gentleman*. Mas a minha estadia em S. Paulo tornava-se evidentemente impossível, graças à torpíssima exploração do italiano que levara comigo. Em menos de um mês já conseguira de mim 1:500$000. Sou bom; sou incapaz de negar dinheiro. Por isso deixei S. Paulo em fins de julho, partindo para Guaratinguetá.

E foi aí que se deu o meu derradeiro idílio. Era uma encantadora caipirinha, tão doce e tão suave! Cinco dias depois de

a conhecer, fazia de mim o que queria. Mas não abusava. Era simples, temia a capital, o luxo. Eu passava por Artur Barcelos, capitalista. Um dia ela pegou num dos meus cartões:
— Que está aí escrito?
— Artur Barcelos, capitalista.
— Que nome!
— Achas feio?
— Artur não. Barcelos, há muita gente, mas capitalista...
— Realmente há poucos. Mas, tolinha, capitalista não é nome, é qualidade... Capitalista quer dizer um sujeito que vive do dinheiro, do trabalho alheio...
— Hein!
— Um homem que tem muito dinheiro.
— E tu tens?
— Somas incalculáveis.
— E para que serve tanto dinheiro?

Não lhe dei resposta, e passávamos os dias brincando e rindo, como duas crianças. Criança era ela; eu não, que as rugas das emoções e a desilusão do mundo me fizeram a velhice precoce. O quanto as mulheres têm poder sobre mim! Por elas fui forçado a encontrar a alma danada do "Dr. Antônio". Só por uma delas eu, como o Fausto, não entraria no inferno, para fúria de Mefistófeles. O dinheiro acabava. Receei agir em Guaratinguetá. Preso, mesmo que fosse por suspeito, que horror teria essa pobre criança que me suportava com simpatia, como a um pai, talvez? Já com outras tinha tido o desgosto de vê-las horrorizadas por terem coabitado comigo.

Certo, nem todas as mulheres ficam horrorizadas. Há as que amam, as que são cúmplices, as que forçam o homem ao crime. Mas sempre dispensei cúmplices, principalmente femininos, e as mulheres de que gostei têm um evidente fundo honesto. Essa, por exemplo, se lhe fossem contar coisas a meu respeito?...

Então preparei a partida, um dia, à noite:

— Dentro de oito dias tenho que estar a bordo de um vapor...

— Para quê?

— Vou à Europa.

— Por quê?

— Negócios muito sérios. Tenho que estar em Paris em setembro, mas volto para te buscar e, se gostares de mim, levo-te comigo.

Ela não tinha vontade de ir comigo, mas não tinha também desejo de me ver partir, a mim, que lhe fazia todas as vontades e a tratava com tanto carinho. Durante dois dias debruçava-se sobre o meu ombro:

— É muito longe Paris?

Ou então.

— Você volta mesmo, Artur?...

Coitadita!

No dia da minha partida tivemos um frenético adeus. Estava tão comovido! Ela chorou sem se conter até alta noite. Eu pagara o hotel e a passagem. Era só ir buscar a mala. Fiquei na sua casa, beijando-a, consolando-a. Para a madrugada, ela, morena como uma moeda de ouro, os lindos cabelos negros derramados sobre os travesseiros, a respiração entercortada, afinal dormiu. Dormia profundamente.

Levantei-me devagar, vesti-me, tirei todo o dinheiro que tinha na algibeira, deixei-o em cima da cômoda, dei na pobre pequena um grande beijo e saí.

Horas depois, rolava para a Barra do Piraí. Assim acabou o meu derradeiro amor...

XXXIX.

A minha prisão em Juiz de Fora

Antes de partir para Juiz de Fora, estive em Lorena. Estava a passeio. No hotel, deixei de dar o meu nome — porque não pediram —, mas passava como homem rico. Como desaparecessem várias carteiras por mera coincidência, o delegado parece que fez uma *enquête* e, indo ao hotel, implicou com a ausência do meu nome e mandou chamar-me.

Fui imediatamente, logo que recebi o recado, ao chegar ao hotel. O delegado dera ordem para conduzir-me da polícia à sua casa. Eu estava deveras contrariado. Quando, porém, percebi que o homem estava apenas em dúvida, tomei um ar ainda mais contrariado.

— Mas então o Sr., porque não dei um nome que me não foi pedido, manda chamar-me à delegacia?

— Perdão, chamei-o à minha casa.

— Ainda assim; era o Sr. quem devia ter ido ao hotel.

— Mas...

— Tratar a um homem respeitável como um criminoso vulgar. É absolutamente impertinente.

Depois, vim para o hotel e contei a toda gente o caso. À noite, o delegado foi ao hotel desculpar-se. Um tenente, hóspede, deu-me uma recomendação para Piquete, e eu aproveitei-a bem, pois, quando lá estive, os oficiais foram de uma extrema gentileza, mostrando-me todas as dependências militares.

Depois é que cheguei a Juiz de Fora, ao Hotel Rio de Janeiro. Horas depois de entrar entreguei ao dono do hotel a quantia de 2.500$000 para guardar. E, numa breve palestra, disse ser estancieiro em passeio pelos Estados e estar em Juiz de Fora para assistir à chegada do marechal Hermes.

— Ele vem mesmo?

— Dizem; é quase certo.

Entre os outros hóspedes, correu que eu era um sujeito rico. E eu fiquei à espera do Hermes — porque, se o marechal viesse, Juiz de Fora teria uma animação especial e muito aproveitável.

Infelizmente, um francês hóspede também perdeu uma carteira com a insignificante quantia de 350$000. Deu um alarme terrível, foi à polícia, foi ao dono do hotel. O dono do hotel foi chamado, considerou que todos os seus hóspedes eram conhecidos.

— Menos...

— Menos?

— Um estancieiro rico. Mas esse me deu até 2.500$000 para guardar...

O fato é que, quando cheguei à noite e, meio despido, saí ao corredor para pedir um banho quente, vi passeando solene um tipo de cara raspada.

— Boa noite.

— Boas noites.

— Hóspede novo?

— Sou o camarada de um inglês que anda num negócio de minas, e vim adiante por causa dos quartos. Eu desejava saber se o marechal vem mesmo a Juiz de Fora.

— Homem, parece.

— Então diz com o que corre por aí.

— Que corre?

— Que ele vem mesmo.

No dia seguinte vi o nosso homem almoçando noutra mesa. De vez em quando olhava-me. Saí, fui dar umas voltas, passei pela delegacia, cumprimentei o delegado, que me respondeu gentilmente. Mas encontrei uma porção de vezes o homem de cara raspada. Fez-me espécie. Eu ia por uma rua, e encontrava-o numa esquina ou atravessando outra.

Ao voltar ao hotel, o homem já lá estava. Subi. Não deixava nada de comprometedor. Tinha, apenas, numa caixa de sabonetes, dois artigos sobre um roubo da Pensão Verdi, artigos que me tinham dado em S. Paulo. Esse roubo não podia ter sido feito por mim porque a 21 estava eu no Hotel Oeste em S. Paulo, e a 26 ele se dava aqui.

Logo que entrei no quarto, porém, tive a certeza de que nele tinham penetrado, remexendo em tudo. Uma busca?

Cheguei à janela que dava para o jardim e vi o homem de cara raspada conversando com o hoteleiro. Um momento, ergueu a cabeça e eu não me retive — e recuei. Esses dois gestos involuntários decidiram da situação. Eu tive a certeza de que ele era agente de polícia, ele teve a certeza de quem eu era.

Que fazer? Fugir? Sim. Era preciso fugir. Mas como? Desci para jantar aparentando a maior calma. Jantei. Terminada a refeição, saí a dar um passeio e troquei as pernas largo tempo a ver como sair da alhada. Ia assim meditabundo por uma rua, quando ouvi uma voz:

— Doutor, você está na "cana".

Voltei-me; era o homem de cara raspada.

— Doutor? O Sr. está enganado. Não sou doutor.

— Deixe de histórias...

— Digo-lhe que não admito essa familiaridade.

— Doutor...

— E que vem a ser esse calão?

— Que calão?

— Está na "cana".

— Quer dizer que você está preso e que você é o "Dr. Antônio".

— Mas rapaz...

— Não negue, que o conheço bem... Sou o agente Mário, que já trabalhou no Rio. Você é acusado do roubo da Pensão Verdi.

— Mas é uma mentira.

— Como então tinha as notícias dos jornais?

— Você deu busca no meu quarto?!

— Dei.

— Esses artigos foram-me dados em S. Paulo, para minha defesa.

— Pois vão ser a tua perdição.

Continuamos a andar. Demos numa praça, com bancos.

— Sentemo-nos um pouco. Estou cansado.

— Se te agrada.

— E vamos entrar numa combinação...

— Qual?

— Deixas-me tomar o trem.

— Sim.

— E dou-te 500$000.

— Impossível.

— Dou-te um conto.

— Impossível. Estás vendo aquele homem vestido de amarelo ali na esquina? É um soldado à paisana, que te segue.

— Então estás resolvido a prender-me?

— Para um agente, sempre é um pouco de popularidade...

— Vais fazer "fita" à minha custa.

— Desculpa, mas não há remédio...

Não havia mesmo remédio. Tinha de seguir. Era outra vez a prisão, por um motivo injusto. Quando o delegado me viu preso, exclamou:

— Mas era mesmo o "Dr. Antônio"! E eu que já o tive preso e não o tinha conhecido!

O delegado seria o mesmo que me prendeu há vinte anos. Quanta gente há que não muda!

XL.

Confessar ou apanhar doente do coração?

Tenho tido muitos delegados desejosos de fazer "fita" à custa do meu nome. Como esse rapazinho Dorval Cunha é que nunca! O "ativo" delegadinho (ativo chamam os *reporters* aos delegados com quem simpatizam, quando em geral esses cavalheiros não entendem nada da profissão que exercem), quando apanhou nas mãos o célebre "Dr. Antônio", exultou. Ia fazer um sucesso. Ia ser falado nos jornais!

Ao abrir um jornal, vi que o Mário, agente, que me roubara em Juiz de Fora, fotografara-se para que os povos conhecessem a sua cara arguta. Uma terra em que os secretas se fotografam!

Se eu tinha dado para a "fita" do impagável Mário, teria de dar com mais forte razão para o Dorval Cunha, "ativo" delegado em exercício... E dei. O primeiro interrogatório foi esplêndido.

— Foi V. o ladrão da Pensão Verdi?
— Não, senhor.
— Nega então cinicamente?
— Cinicamente, não, senhor.
— Brinca?
— Digo que não fui eu.
— Foi.
— Mas Dr., eu estava em S. Paulo, no Hotel Oeste, desde o dia 21. O roubo deu-se aqui a 26. Telegrafe.

— Não telegrafo nada.

— Mas...

— V. é um gatuno muito cínico.

— Mas...

— E, se não confessar, Sr. Sena, mandamos-lhe dar uma sova. Retire-se. Guardas, levem o preso!

O Sena, escrivão, muito meu conhecido, foi à prisão. O Dorval estava decidido. Mandava espancar-me até eu confessar. Estava muito doente para apanhar. Vi a sova iminente. Mas poderia escapar ainda com o confronto. Fomos então à Pensão Verdi. A mulher dizia que era um francês de barba loira. No primeiro momento, olhou para mim:

— Não é esse...

— Veja bem — gritou Dorvalzinho aflito. — Este é o "único" que podia ser.

O pobre pequeno não sabe que hoje há uma porção de ratos de hotel. É lamentavelmente ignorante.

— O único? — murmurou a velha Helena, dona da Pensão. — Agora vejo. É ele mesmo. Muito parecido!

Diante desse "reconhecimento" e com a ameaça de "sova", "sova" de verdade, resolvi inventar, pregar mentiras, arquitetar uma confissão inverossímil, feita com reminiscências de outros fatos passados. Assim, fui para a Verdi (estava em S. Paulo) atrás do tal homem, roubei-o, tomei um *tilbury* no largo, tornei a voltar ao largo, encontrei o Galhardo...

— Que Galhardo?

— O Galhardo — expliquei — é um companheiro de roubo, que preciso na história para entregar o dinheiro.

— E entregou?

— Entreguei todo. O Galhardo "azulou" e eu perdi todo o dinheiro que roubara na Pensão Verdi. Procurem o Galhardo!

— Nada de piadas!

Pois, apesar dessa chuchadeira, o nosso Dorval, impagável e imbecil, não mandou procurar Galhardo nenhum, mas mandou-me para a Detenção, à espera de uma sentença, que o Machado Guimarães vai tornar feroz!

O jovem e "ativo" delegado quis mesmo incomodar o nobre homem que é o capitão Pereira da Silva. Disse que o acompanharia, mas não entraria. Já aí os *reporters* estavam todos. Leio num jornal a narrativa exata:

> *Levantamo-nos todos e saímos. O "Dr. Antônio" pegou no chapéu e no sobretudo e com ele no braço desceu as escadas.*
>
> *O escrivão Sena endireitou-lhe a gola do frack dizendo:*
> *— Então você, um "doutor", assim tão desajeitado!*
> *O "Dr. Antônio" riu e saiu empertigado ao lado do escrivão e do comissário Raul Guimarães.*
>
> *Na frente iam o delegado, o nosso representante e um importante negociante da nossa praça, que em nossa companhia havia ido à delegacia.*
>
> *Quem visse o "Dr. Antônio" solene no seu frack, calmamente conversando, não diria estar ali um velho e reincidente ladrão.*
>
> *Seguimos todos a pé até à Rua da Lapa. Aí, o "Dr. Antônio" chamou o delegado e disse-lhe:*
> *— É aqui.*
>
> *Estávamos em frente à casa nº 56, uma pensão, onde reside a pessoa procurada pelo "Dr. Antônio", logo após seu desembarque na Central.*
>
> *A pensão procurada pela polícia era do capitão Pereira da Silva, da Guarda Nacional, que disse o Dr. Ferreira da*

Cunha ter conhecido o "Dr. Antônio" na Casa de Correção, onde cumpriram pena juntos, sendo ele por ofensas físicas graves. Dava-se com o "Dr. Antônio" e lhe era grato, porque naquele presídio dele recebeu favores que considera inestimáveis. Disse mais nada saber do roubo e que a visita do "Dr. Antônio" tinha sido apenas de cortesia. Prontificou-se e pediu ao delegado para fazer uma busca no seu quarto, tudo facilitando.

Enquanto o delegado e o escrivão falavam com o capitão Pereira da Silva, o "Dr. Antônio", embaixo, conversava com as pessoas que com ele estavam.

Como o delegado demorasse, ele convidou o comissário, o nosso representante e o negociante a tomar um café. Acedemos e entramos num café. O "Dr. Antônio" continuou a conversar, dizendo ao nosso representante:

— A Gazeta de hoje deu o meu retrato como sendo o do agente e o dele como sendo eu.

— Ora, "Dr. Antônio", não se incomode; isto é muito comum em jornais, respondemos nós.

— Não, não me incomodo, porque no fundo os senhores não erraram muito. E o "Dr. Antônio" voltou a referir-se aos objetos e relógio que ele diz furtados do seu quarto pelo agente.

Na hora do pagamento, um de nós puxou um níquel e pô-lo sobre a mesa.

O "Dr. Antônio" protestou.

— Não senhor, quem paga sou eu.

E depois, com voz sumida:

— É verdade, já não sou mais rico...

Com a chegada do delegado e do escrivão, levantamo-nos. Seguimos em direção ao Largo da Lapa. O Dr. Dorval

Cunha, calmamente, levava o "Dr. Antônio" para a Polícia Central. Ia pô-lo à disposição do chefe de polícia.

Eles tinham visto tudo — menos que me aproximara do impagável "ativo" delegadinho e que num bueiro desaparecera a sua carteira... O "ativo" não disse a ninguém o que lhe acontecera, de vergonha!

XLI.

Últimas novas

Foi aí que a polícia, que me tinha explorado não só pecuniariamente, pelo seu pessoal inferior, como para o bonito dos delegados, começou a definitiva perseguição. Preso à ordem do Dr. Lafaiete das Chagas, em 1895, por suspeito de furto num tal Dr. Raul, de Barra Mansa, fui condenado a três anos de prisão. Finda essa pena, instauraram-me um processo por suspeita de furto cometido no Giorelli em 1892, de que eu prestara fiança. Pois condenaram-me como tentativa de roubo. Saí em 1904, estive pouco tempo solto. Arranjaram-me acusações de furto no Guanabara e no Belle-Vue. Fui condenado a três anos e meio. Saí em 1908. Estive apenas quatro meses solto, porque logo acharam que eu subtraíra no Bela Vista a carteira de um advogado do Pará, com a quantia de 900$, quando esse "paraoara" já fora esvaziado pelo "Peruano", o "Cubano", o "Português" e o "Negro", patifes bem conhecidos. Acabava de cumprir a pena em 1911, quando fui de novo preso por um crime que não cometi.

É a perseguição definitiva. É a sociedade, armada na sua estupidez contra um homem inteligente, que, sem uma arma, sem nunca ter usado um *revolver*, sem nunca ter ferido ninguém, mostrou como poderia esvaziar o burguês feliz, sem ter caído no flagrante.

Não me posso defender da perseguição em massa. Sente-se bem nessa gente a raiva do impotente diante do homem inteligente.

Iniciei no Brasil o roubo fino, o roubo *gentleman*, de luva de pelica, boas roupas, bons charutos e boas mulheres. Nunca me disfarcei, nunca pertenci a quadrilhas, nunca dei a confiança de prostituir o meu engenho. E nunca também dei a alguém o prazer de me prender com provas.

— Foste tu porque estás com o objeto na mão! — nunca me disse a justiça.

— Apanhei-te! — nunca a polícia me disse no momento de trabalho.

Têm-me prendido inúmeras vezes, como podem prender qualquer transeunte com ou sem razão. Preso uma vez, servi de tabuleta a todos, desde os agentes desocupados à justiça, que não me soube compreender. Estou velho, alquebrado, com uma grave e mortal moléstia. Talvez me matem no cárcere, isto é, o meu fim está por pouco; e, condenado, certo o meu organismo não resistirá.

Mas eu sonho com a liberdade, lembro-me de uma linda criatura, que deixei em Guaratinguetá, dizendo que a tomaria de volta da minha viagem a Paris, lembro-me dos seus grandes olhos dizendo:

— Paris! Tão longe!

E, ao mesmo tempo, desejaria estar entre os inimigos homens, sorrir, senti-los meus pelo seu próprio descuido, mostrar como, sem uma arma, sem uma violência, sorrindo e enluvado, eu desafiaria a polícia a que me apanhasse roubando. Um homem inteligente tira, não rouba. Roubam os porcalhões, os párias. Eu fui o primeiro imposto da civilização, o parasita do luxo, o *rat d'hôtel*, o *gentleman*. Há outros agora, muitos. Mas aquele que serviu de exemplo, graças à polícia que me deu a gloríola de crimes não cometidos, por incapaz de prender-me, quando realizava os meus trabalhos, fui eu.

E é um prazer afinal, afirmar...

Mas sinto uma afrontação. Sufoco. Irei morrer hoje? Preciso de compressas d'água quente sobre o coração, que parece querer rebentar. Morrerei? É melhor acabar aqui. Escrevi muito. Na verdade não posso mais nada. Desejaria apenas a liberdade para morrer fora das grades da prisão. Mas, se eu morrer hoje? Perde o Rio não o seu maior gatuno. Esses estão soltos, considerados. Não um gatuno comum. Mas aquele que fez uma profissão sutil e delicada desse delito, aquele que foi como um expoente de cultura no crime...

Não posso mais. Ficam aí os dados.

Que homem interessante que eu fui! Que interessante que eu sou!

O representativo do roubo inteligente

O Dr. Antônio acaba de ser preso em Juiz de Fora. Um vaidoso agente secreto, tão vaidoso que se fotografou julgando ter praticado um grande ato, realizou a façanha em condições aliás lamentáveis para um agente de segurança. O Dr. Antônio foi preso devido apenas a um fenômeno conhecido como a chuva e o crescimento das plantas: a desconfiança mineira. Mas, para os verdadeiros patriotas, que admiram os seus homens representativos, essa prisão, se o Dr. Antônio não fugir, é absolutamente triste.

Que é o homem representativo? Aquele que em qualquer ramo de atividade humana se mostra o primeiro, comparável, senão melhor, que os das outras terras.

Apenas isso. Não se trata de saber se a atividade é no mal ou no bem, divisão inicial das religiões de que o código se apropriou indevidamente para criar a polícia, a garantia dos medíocres e a chicana. Há poetas representativos, há políticos representativos, há honras representativas e há gatunos, ladrões, assassinos representativos. Lucrécia foi, em certo ponto, representativa da honra romana. Aspásia é uma representativa da moral helênica, como a Susana Castera da cultura dos nossos vícios — tanto assim que já recebeu o mérito agrícola e caminha a passos largos para o merecido prêmio da Legião de Honra. Roosevelt é um representativo da confusão pretensiosa e balofa do cérebro ianque, o Dr. Gabriel de Piza, representativo da submissão positivista. A Inglaterra, que criou a expressão *representative men*, tem representativos para todos os casos: para o teatro, para os partidos políticos, para a poesia, a escultura, a pintura, o amor, a greve, o livre cambismo, o assassinato, o roubo.

Se tinha Jack, o Estripador, comparável, no seu representativismo mundial, a Thompson, a Rossetti, a

Gladstone, a Tse ou ao gatuno Birning, como lhe faltasse um representativo na classe dos agentes de segurança, inventou Sherlock Holmes, que ficou logo com um renome formidável. O mesmo aconteceu à América com o insuportável Nick Carter. O mesmo aconteceu à França.

Compreende-se por aí o valor de um complexo de representativos.

Nós, a princípio, tivemos apenas a natureza. É conhecida a frase:

— Oh! a "natureza" do Brasil!...

Depois o representativismo foi se especializando, naturalmente pelas altitudes. Começamos a tomar os morros como cabeça da nossa representação. Veio o Pão de Açúcar, veio o Corcovado, veio a Tijuca.

— O Brasil? — diriam os estrangeiros. — Ah! sim, belos morros, o Corcovado, o Pão de Açúcar...

Bastou o começo dessa especificação de uma parte da naturaleza para que vissem outras. Logo, a princípio, descemos a montanha, chegando à praia. Ficou representativa, entre outras coisas, a Pedra de Itapuca. E daí por diante, a subdivisão não teve mais fim. Possuímos avenidas representativas (as primeiras, como não há no mundo), palmeiras representativas, papagaios, poetas, escritores, músicos, o Accioly com a sua família, o Pinheiro Machado, exemplar único no universo desde a formação do mundo até o dia do Juízo Final, o Dr. Jangote, os representativos da pátria no Congresso — que sei eu? Para cada coisa apresentamos o ser da situação, o representativo. Acha cômico? Que venha o Brandão. Avenida animada? Salta a Beira-Mar. Político de descortínio? Deixa passar o general Machado. Anda correndo o mundo, há relativamente pouco tempo, a possibilidade de os cães falarem. O homem é tão imprevidente que não imagina a opinião do cachorro a seu respeito. Pois ainda bem os cachorros não falam, já no Brasil um cachorro é sargento de polícia, funcionando na contabilidade representativa!

Só no gênero crime patente é que o Brasil não tinha representativos. Houve é certo há anos um movimento a favor do Afonso Coelho. Era um exemplo admirável de gatuno literário, do gatuno-novela. Tinha um cavalo branco, a Risoleta, desaparecia pelas paredes, falsificava cheques. A sociedade admirava-o e seguia-lhe as aventuras como um romance folhetim. De repente, Afonso é pegado. Nem literário, nem original, um neurastênico possuidor da linguagem escatológica, querendo passar por honesto — uma miséria! O blefe causou ao nosso equilíbrio moral evidente prejuízo. O cadastro do crime de que Ernesto Sena e Vicente Reis se fizeram historiadores fotográficos era de uma chateza dolorosa. Gravateiros ordinários, prestidigitadores insignificantes, vigaristas indecentes, punguistas para distraídos de bonde...

Como é possível que um país entre no concerto da civilização sem ter um grande gatuno representativo, mas gatuno mesmo, só gatuno, campeão de apanhar o alheio contra a vontade do possuidor? E nós não o tínhamos, a não ser talvez o Dr. Antônio, que, aliás, está para Arsène Lupin como a Avenida Central está para a linha dos *boulevards* ou para *Oxford Street*. O Dr. Antônio possuía topete e calma. Era elegante, era bem-falante, era um *sportsman* da caça de carteiras verdadeiramente razoável. Aparecia nos melhores lugares, tranquilamente.

Operava com um sangue-frio digno dos melhores aplausos. Mantinha vivaz a inteligência.

Lembro-me que um dia mostraram-mo na Rua do Ouvidor.

— É aquele o Dr. Antônio!

Olhei-o com respeitoso carinho. Só o saber que enganava os outros, sem que a polícia o pudesse prender, dava-lhe uma auréola de superioridade mental. Que diferença entre um grande artista, um grande político e um grande gatuno? Mas, no ponto de vista da finura para realização de uma obra precisa, nenhuma. Ainda não vira o ladrão de estrada, terror das populações, como os há na Itália, na Córsega, e como dizem há no Norte o Silvino. Mas o gatuno da cidade é uma flor de estufa. Não tem força, tem gênio; não tem revólver, tem habilidade; não incute pavor, inspira simpatia. A sua obra é sutil e irônica. Ela passa como um imposto ocasional à ladroeira organizada. No seu vivo olhar, vive o facho da anarquia; na sua mão esperta e delicada, vibra o arrepio das reivindicações sociais; no seu sorriso há dinamite que não estoura. Mirbeau, numa pequena peça, permite a um gatuno inteligente que se explique. E, como conclusão, na sua peça, parece que o gatuno, de todos os homens, ainda é o mais honesto. Chegar às violências paradoxais de Mirbeau é demasiado. Mas ter pelo gatuno uma simpatia grande é fenômeno geral, principalmente quando o roubo não é contra nós.

Por que simpatizamos todos com Arsène Lupin? Por que o Visconde Ponson conseguiu fazer uma criação tão citável como as de Homero, imaginando Rocambole? Porque nós amamos visceralmente o gatuno que engana os outros e não é preso. Assim, o Dr. Antônio tinha a minha consideração. Essa sua última performance em *rat d'hôtel* era de superior refinamento. E com redobrado valor, porque trabalhava só, não tinha cúmplices e tomava todas as precauções, como a de ir ao trabalho em menores e de ter um cartão de capitalista.

Só uma obnubilação repentina podia ser a causa do desastre de Minas. O Dr. Antônio esqueceu a tradicional desconfiança mineira que faz o filho das montanhas andar sempre de pé-atrás, e, obedecendo a um impulso irrefletido, cometeu o crime de roubar depois de se ter intitulado capitalista. Quanta tolice! Quanta falta de observação!

Com o atual estado da civilização, matar sem que ninguém saiba é muito fácil em comparação com o roubar, porque o matar não prejudica em geral ninguém e embota por consequência o instrutor da perseguição; ao passo que o roubo é o assenhorar-se do capital alheio e desenvolve em torno todos os instintos humanos de inveja e cobiça, cujo ideal positivo quase sempre é não deixar que os outros gozem o que nós não temos. Um assassino pode ficar tranquilo. Um gatuno nunca. Tem de ter sempre a alma inquieta, o ouvido atento, o olhar vivo. Se essas dificuldades são grandes nas cidades, ainda maiores parecem no interior. Como entrar estrangeiro e capitalista num hotel de Juiz de Fora e roubar logo a carteira de um hóspede com a miserável quantia de menos de meio conto?

Todos os mortais são suscetíveis desses delíquios de reflexão. Mesmo os notáveis. O patético da vida está no imprevisto. O Dr. Antônio, deixando-se apanhar pelo desconfiado porteiro de um hotel de Juiz de Fora, depois de sorrir da nossa aparelhadíssima polícia, tem qualquer coisa de imprevisto e doloroso. Juiz de Fora, já princesa de Minas, passa com seus porteiros de hotel a ser a esperta, a sherloqueana. O Dr. Antônio é que não se deve desanimar, o Dr. Antônio precisa dar o seu golpe de gênio. Que faz Lupin, ao chegar a New York, vendo Camniard no cais? Entrega-se à prisão para escapar. O Dr. Antônio, como representativo da nossa ladroeira, como a flor espiritual dos amigos do alheio, começou por portar-se muito bem. Contou as suas obras, sorriu com altivez, olhou com superioridade esbirros e autoridade.

Que fará agora?

É preciso fugir, sair, desaparecer, tomar outro nome, continuar. Principalmente a praticar roubos inteligentes, agora que os meliantes sem cotação deram para roubar em plena Central de Polícia. Se se deixar impressionar pelas grades da prisão, se tiver a louca ideia de se regenerar, estará perdido. A regeneração passou de moda. Os homens desenvolvem-se na sua órbita, não se regeneram. Fazer frade o Brandão seria um disparate, fazer de um marinheiro um empregado público seria ridículo. O gatuno, quando é só gatuno, quando adota na esperteza e no "avança" geral a mais difícil das profissões que é a de gatuno só, sem mais nada, tem de continuar, insistir, morrer neste infernal e magnífico desporte. Quando se chega então a ser o Dr. Antônio, um representativo, o primeiro, o grande crime é não continuar.

Que seria do nome do Brasil, país tão abundante em representativos, se lhe viesse a faltar o representativo aos anais da mais ousada e inteligente das profissões? Era uma falha imperdoável, falha de gênio e falha de civilização. E por isso, ao saber da prisão do Dr. Antônio, eu tive quase a certeza de que ele sairá outra vez, para o nosso brilho e o nosso renome.

Sem Catão, sem honestos, talvez... Sem gatunos só gatunos — nunca!

Que seria então dos outros, se eles ficam engaiolados?

João do Rio
artigo publicado no jornal *A Notícia*,
Rio de Janeiro, 20.8.1911.

O **Dr. Antônio** (Arthur Antunes Maciel)

O "Dr. Antonio"

MEMORIAS
de um
"RATO DE HOTEL"

vida do «Dr. Antonio» narrada por elle mesmo

RIO DE JANEIRO
1912

Página de rosto da primeira edição
de *Memórias de um rato de hotel*

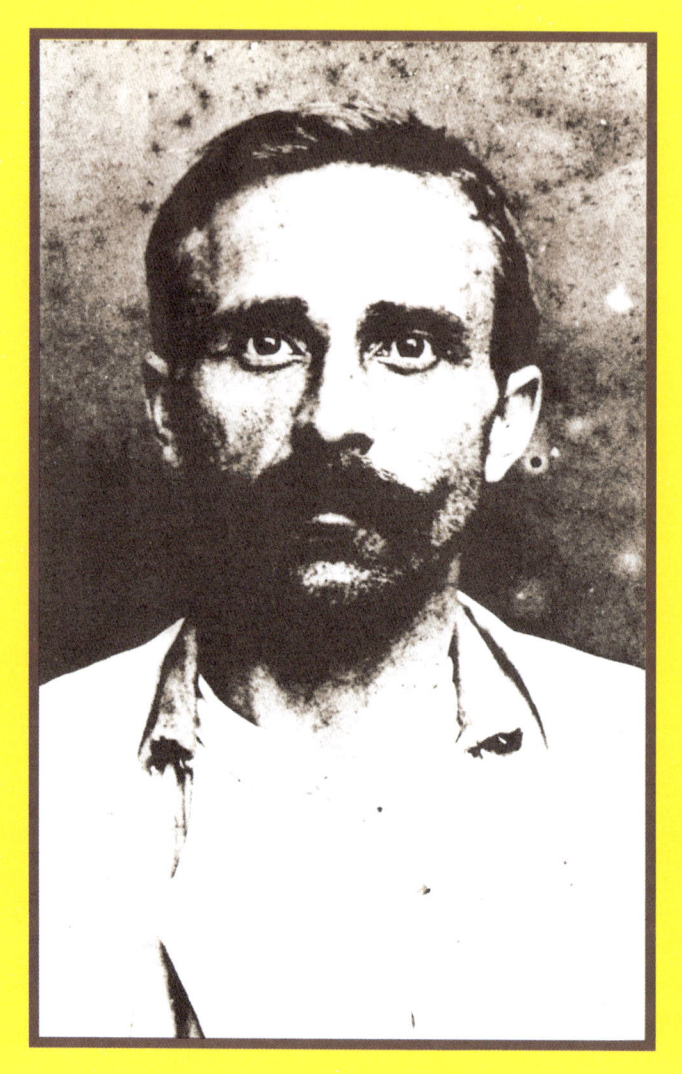

Retratos de Arthur Antunes Maciel,
o Dr. Antônio

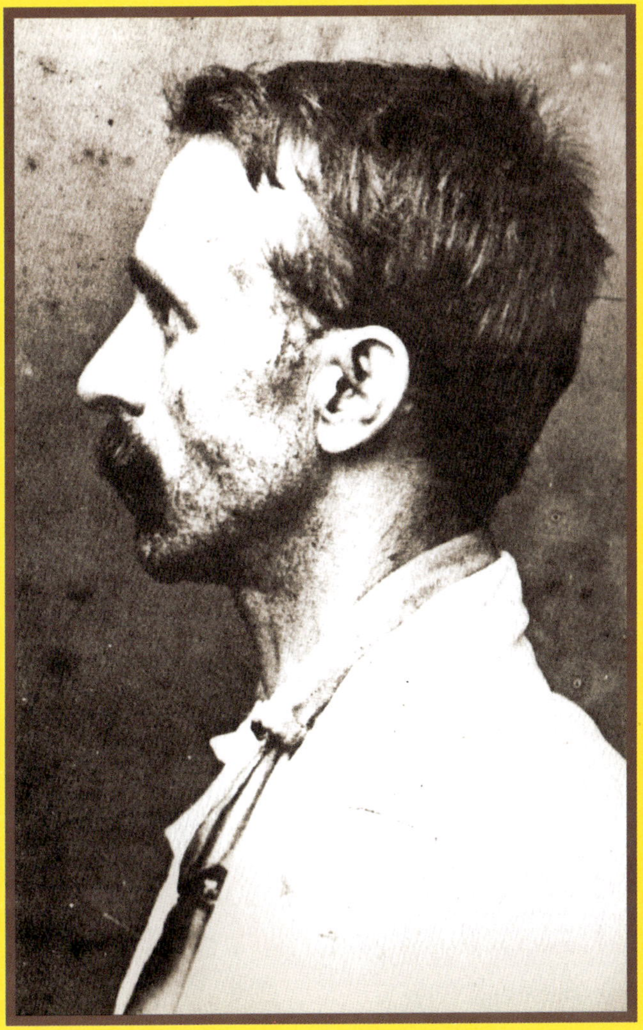

O **Hotel dos Estrangeiros**

O **Carson's**

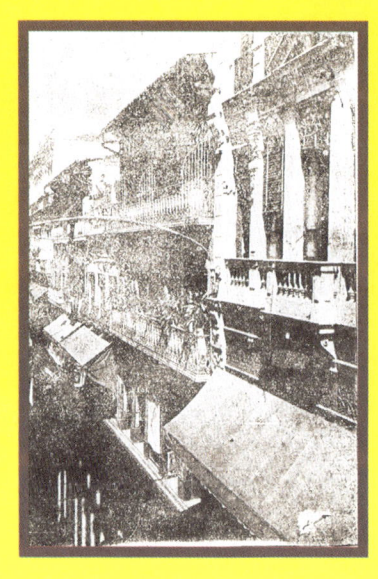

O **Hotel Cintra**, na rua do Ouvidor, onde o Dr. Antônio encontrou o boiadeiro do "Rio Pardo"

O grande **Hotel Internacional** era muito procurado pelo Dr. Antônio

O **Hotel Giorelli**, onde o Dr. Antônio praticou vários furtos inteligentíssimos

O **Hotel Vitória**, onde o Dr. Antônio "fez" o uruguaio em 13 contos

O **Dr. Anisio (Anisio de Oliveira)**, considerado pelo Dr. Antônio como uma das mais poderosas inteligências do furto

Cameillo Iglesias, gatuno de casas de comodo e punguista, um dos citados como notáveis pelo Dr. Antônio

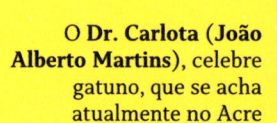

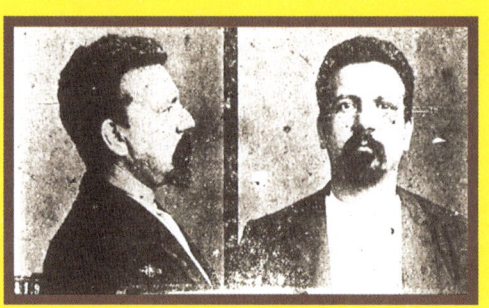

O **Dr. Carlota (João Alberto Martins)**, celebre gatuno, que se acha atualmente no Acre

Dr. Antônio

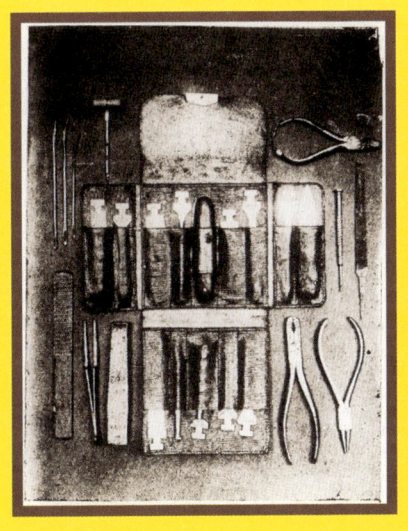

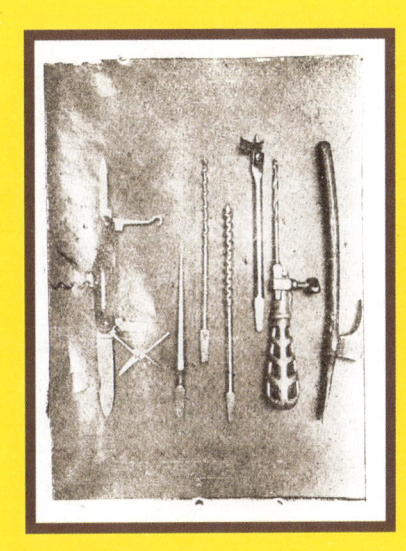

Ferramentas de um gatuno

A nova fachada da **Casa de Detenção**, onde se acha o Dr. Antônio

O **banho dos cães policiais**, que aliás, na Detenção, gostam muito do Dr. Antônio

João do Rio

João Paulo Emílio Cristóvão dos Santos Coelho Barreto nasceu em 5 de agosto de 1881 e morreu em 23 de junho de 1921. Foi cronista, ensaísta, teatrólogo, romancista, contista e tradutor. Dono de muitos pseudônimos, entrou para a Academia Brasileira de Letras em 1910. Jornalista controverso, trabalhou a vida toda em jornais e revistas, como *Cidade do Rio*, *A Pátria*, *Rio Jornal* e *Revista Atlântica*. Foi um dos primeiros repórteres a usar o jornalismo literário no Brasil, trazendo um ritmo ficcional às narrativas inspiradas em fatos reais. Entre seus personagens estavam o povo comum, os transeuntes das ruas do centro do Rio de Janeiro, mas também a alta sociedade que frequentava recepções e salões elegantes durante os primeiros anos da República.

Morreu jovem, vítima de um ataque cardíaco aos 39 anos, deixando mais de 2.500 textos, que são verdadeiros documentos históricos da então capital do país.

Este livro foi composto com a
tipografia Capitolina e impresso
em papel offset 120 g, em 2024.